KB028232

헤어지기

좋은

시간

헤어지기 좋은 시간

김재진
시집

고흐의별

여름에 눈 내리면
혼자 가는 사람의 길이 끊긴다.
길 없는 길에 서서 지워지는 나무가
퍼붓는 눈보라에 함께 끊긴다.

여름의 눈보라, 46×38cm, oil on canvas, 2023

먼길을 돌아와도 친구는
황혼의 하늘 아래 함께 눕는다.

친구, 35×27.5cm, oil on canvas, 2023

序

다친 사람의 상처가 아물기를.

울고 있는 이들의 눈물이 마르기를.

시든 꽃이

내년에 다시 피기를.

유리창에 머리 박아 떨어진 새가

더 높이 날아오르기를.

안락사를 앞둔 유기견이

새 주인을 만나기를.

삶의 끝에 있는 요양원의 노인들이

남아 있는 시간 동안 평화롭기를.

우편함을 열어보는 네 얼굴에

고운 물감 번지듯 미소가 번지기를.

차례

1

3

뻐꾸기

나는 째깍거리고
너는 두근거리지.
나는 늙었고
너는 젊다는 말이야.
그냥 그것뿐이야.
벽에 걸린 저 시계가 우리를
똑같이 만들 거야.

새의 꿈

아침에 깨어나 새들이 하는 일은
떠드는 일이다.
꿈에서 겪은 일을 서로에게 말하는지
가지와 가지 사이를 날아다니며
소리로 된 구슬을 주고받는다.
늦게 핀 꽃양귀비를 꾸짖으며
바퀴 빠진 수레국화를 놀리기도 한다.
사열하듯 늘어선 삼나무 길을
소리 폭죽 머리에 인 채 걷고 있으면
몇천 번도 더 넘게 기적을 보여주던 하늘이
파아란 얼굴 깨워 세수를 한다.
듣는지 마는지 관심 없는 개미에게
굴리고 싶으면 굴리라며 구슬을 쏟아붓는
간밤에 새들은 뭘 했을까?

아름다운 사람

갈색 머플러에 롱코트를 입고
발목을 살짝 덮는 부츠가 눈에 띈다.
눈 부시는 햇살이 눈부신지
찡그리는 미간이 하모니카 소리처럼
파랗게 갠 하늘에 음계를 만든다.
아름답다는 말은 아름답다.
아름답다는 말은 속절없이 아름답다.
똑같은 날이 계속되고
반짝이던 뇌에도 먼지가 쌓여
날마다 손가락으로 누르던
현관의 비밀번호를 기억할 수 없다 해도
시간이 머리카락에 눈구름을 몰고 와
주름살 하나하나가 고드름처럼
딱딱하고 투명하게 얼어붙는다 해도
아름다운 사람은 늙지 않는다.
다 늙어도 아름다운 사람은
늙지 않고 잊혀진다.
세월이 상처를 지워버리듯.

투항

당신은 나의 습관이다.
오래된 나의 잠버릇이다.
맨발로 구두를 신는 성미 급한 버릇처럼
벗어야 껴안을 수 있는 내 영혼이다.
너를 향해 다가가는 나의 보행은
직립이 아니라 반半직립이다.
허리 숙여 바닥에 닿는
키 작은 꽃잎처럼
낮춰야 흐를 수 있는 시냇물이다.
네게로 가지 뻗은 나의 나무는
뿌리째 무릎 꿇는 투항이다.

명사가 생각나지 않는 밤

기적을 기다렸는데
아무 일도 일어나지 않았다.
그냥 지나가기를 바랐는데
지나가지 않았다.
기적이란 없구나.
행운은 내 도메인이 아니구나.
한 달은 일주일보다 짧고
일주일은 마침내 하루보다 짧아지니
불운이여 너 또한
오래가진 못할 거다.
고양이 물그릇 위로 별 하나 떨어지고
수많은 형용사로 시끄러운 세상
저주인지 축복인지
아무리 떠올려도 명사가 생각나지 않는다.

후회

그는 곧 후회할 것이다.

아버지께 했던 일을.

그리고 또 그는 후회할 것이다.

병상의 어머니께 뱉었던 말을.

너무 힘드니 이제 그만 가시라고 했던

뼈아픈 한 마디를.

고양이 키우기

전화가 온다.
문자가 아니라 전화라면
중요하거나 심각한 일이다.
급하게 받자마자
고양이를 키워볼까? 한다.
하다가 만다.
뭔가를 시작하기엔 늦은 나이야.
혼잣말 던지며 포기한다.
정 줄 때는 몰라도 정 떼기는 힘들어.
키우기도 전에 죽을 것부터 걱정하며
책임질 수 없는 일은 하지 않겠다고
단호하게 말한다.
그런데 단호하지 않다.
한 번도 단호한 모습을 본 적이 없다.
주춤거리다가 다 늙었고
머뭇거리다가 다 놓쳤다.
기죽지 마. 라고 문자 남기며
액정 속으로 그녀가 사라진다.

고양이 하품하는 이모티 하나 남긴 채
또 하루가 갔다.

고흐의 별

압셍트를 마시며 고흐가 말했다.
별이 아틀에서만 빛나는 건 아니야.
론강에 비치는 별은
별이 아니라 폭죽이지.
슬픔과 절망이 뒤섞인 함성 말이야.
그건 하늘에서 작렬한 내 인생 같지.
내 귀에는 들려. 폭죽처럼 생이 터지는 소리가.
그건 눈에 보이는, 그러니까 붉은 포도밭이나
사이프러스 나무 같은 것과는 달라.
나는 지금 압셍트를 마시지만
때로는 통째로 영혼을 마시기도 해.
화가의 영혼은 언제나 둘이지.
하나는 론강을 비추는 저 별 같은 것이고
다른 하나는 물감으로 그려낸 지폐 같은 것이야.
나는 다시 돌아올 거야.
뭔가를 그린다는 것은 어딘가로 돌아간다는 말이지.
별이 어디에서 빛나건
그것이 카페 테라스에서 빛나건

고갱의 머리 꼭대기에서 빛나건

빛나고 있는 한 돌아올 거야.

압셍트는 고흐를 비롯한 그 시대 가난한 화가들이 즐겨 마시던 값싼 술.
'붉은 포도밭'은 고흐가 생전에 팔았던 단 한 점의 그림이며 시에서 나오
는 '카페 테라스'는 고흐의 널리 알려진 작품 '밤의 카페 테라스'를 뜻한다.

피사로

어떤가 빈센트?

피사로가 물었다.

가셰가 말하더군. 자네 병은 이 세상 일이 아니라고.

고흐에게 정신과 의사 가셰를 소개한 이는 피사로였다.

그러니까 그림이란 이 세상 일이 아니라는 말이지. 그건 마치 생 레미에 있는 사람들이 다 자네처럼 밤하늘의 별을 폭죽인 양 터뜨리는 것과 같아. 아마도 세상 사람들이 모두 별을 그린다면 자네는 더 빨리 미쳐버렸을 거야.

그때 고흐는 자신이 몇 달 뒤

세상을 떠나게 될 것을 알고 있었을까?

모든 것이 색채에 의존해 있지.

벽은 연보라, 베개는 밝은 연두가 섞인 레몬,

창문은 초록, 탁자는 오렌지, 대야는 파랑

자신의 방을 고흐는 색으로 묘사했다.

고마움에도 색깔이 있다면 무슨 색으로 칠했을까?

우리 모두는 그로부터 나왔다고

피사로에 대한 감사를 표시했던 세잔처럼

고맙지 않은가 빈센트?

가셰에게 진료를 받은 고흐에게 피사로가
그렇게 물어봤는지 아닌지 나는 모른다.
론강이 흐르는 아를의 밤하늘을 피사로가
고흐를 생각하며 봤는지 아닌지도 나는 모른다.
괜찮은가 자네?
때때로 그렇게 소식을 묻는 사람들이 그리울 뿐
피사로가 살았던 퐁투아즈에도, 생 레미에도
내가 아는 사람은 없다.

인상주의를 대표하는 화가 카미유 피사로는 세잔이 스승이라 불렀던 사
람으로, 가난한 후배들을 적극적으로 도왔다. 생 레미의 정신병원을 퇴원
한 고흐에게 생의 마지막 거처를 주선했던 사람도 그였다. 자신의 방을 색
깔로 묘사한 고흐의 말은 테오에게 보낸 편지의 한 대목이다.

1937년 여름, 우에노

도쿄에서 돌아온 날
호우주의보가 날아온다.
우에노 공원에서 80년 전 아버지 모습을 찾던 나는
공원을 지키는 고목에게 혹시
내 아버지를 기억하느냐고 묻는다.
그늘에 서서 햇볕을 바라보며
그때도 여전히 뜨거웠냐고 묻는다.
모리타워에서 내려다보던
도쿄의 야경은 결코 내 아버지를 알지 못한다.
찬란한 현재는 젖은 과거를 기억할 수 없고
남아 있지 않은 흔적은 지금의 어떤 것을
흐느끼게 하지 못한다.
열네 살 나이로 우유배달과 신문배달을 하며
학교를 다녔던
식민지 소년의 비애를
공원의 나무들은 기억하고 싶지 않다.
나무와 풀들이 기억하는 것은 바람과
제국주의 지붕을 적시던 녹슨 빗물뿐.

변하지 않고 내리는 것은 어둠과 습기와
오래된 초밥집과
두 시간 동안 계속되던 오마카세의
생강과 겨자와 미소시루뿐.
날아온 호우주의보를 건성으로 읽으며
아버지, 하고 불러보면
잊은 줄 알았던 눈물이 흐릿한 과거를 불러
책상 앞에 앉힌다.

도쿄에 있는 우에노 공원은 1873년 지정된 일본 최초의 공원이다.

밤의 신비주의

나의 신비주의를 네게 보낸다.
포장되지 않아 깨어지기 쉬운 이것은
아무에게나 보이지 않는 것이 좋다.
밤이 긴 더블린의 호텔 방에서
느닷없이 나타나 흐느끼는 중국 여인의 영혼을
달리 포장할 방법이 없으니
오래전 거기 살다 음독飮毒한 여자라는
전해오는 이야기는 상품이 아니다.
다시 아일랜드에 가도 그녀를 찾진 마라.
묵은 기억과 흑맥주와
먹다 남긴 난자완스 접시 위로 드리워진 그늘을
절망의 신비주의라 오해하지도 마라.
밤새 다녀온 창공엔
카시오페아와 오리온과 뭇별들이
우주의 동력 속에 움직이고 있다.
창백한 푸른 점이라 천문학자들이 명명한
지구는 까마득하고 생은 짧다.
자각몽과 유체이탈과 이 세상을 다녀간

수많은 영매들의 이름을 봉인한 채
수만 년을 건너와 내 눈에 비친
한 줄기 별빛만이 신비주의다.

여름의 안부

걱정하지 마라. 나는 나대로 잘 산다.
햇빛이 이쪽으로 들어오면 이쪽 커튼을 내리고
햇빛이 저쪽으로 바뀌면 저쪽 커튼을 내린다.
겨울보다 여름은 캔버스에 칠해놓은
물감이 빨리 말라서 좋다.
무서운 햇살이 창이 되어 찌르는 한낮엔
고흐가 그렸던 탕기 아저씨의 초상을 떠올린다.
시원한 삶이 어디 있겠느냐.
시원함이 그리워질 땐
외상값도 갚지 못한 궁상맞던 고흐를
이해하고 받아들이던 아저씨의
따뜻하고 푸근한 표정을 떠올린다.
이열치열도 아니면서
더운데 따뜻함을 떠올리는 게 말이 되냐 다그치진 마라.
유리조각 밟듯 살아왔던 지난날을 생각하면
나는 아무것도 아니었구나, 되씹는 날이 잦다.
아무것도 아니면서 전부였구나, 하는 깨달음으로
비어도 가득해지는 날이 없는 것은 아니다.

바람의 시·1

바람이 불면 네가 온다.
바람은 몸이 없어
꽃 지는 소리나 창문을 두드리는
손가락 예쁜 저녁의
발자국에 얹혀서 온다.
가만히 있어도 흔들릴 것 같은
아프고 시리고 쓰리기만 한
하루가 가면 너도 간다.
어제는 별을 보여주던 하늘이
오늘은 풀끝에 빗방울을 매단다.
눅눅한 사연을 실어 나르는
바람의 발바닥이 젖고
오지 않는 소식을 기다리다 멈춘
언덕의 풍향계가
너 오는 방향으로 회전하고 있다.

바람의 시·2

내려와 있던 그를 포구에서 만났다.

묶여 있는 배들이 출렁거리고

빨간 등대가 있는 곳까지 걸어오라며 그는 내게

문자를 보냈다.

어눌한 말투로 왜 여기 내려왔는지 설명하며

아직도 노래를 부른다고 얼굴 붉히는 그는

이름이 없다.

세상에 이름 없는 사람이 어디 있겠나.

가지고 있는 이름을 불러보지도 못한 채 그저

무명가수로 한 생을 살아온 그는 지금

선배의 가게를 봐주기 위해 여기 와 있다.

바람 많은 섬 한쪽에

바람이 되어 날아온 것인지

그리움은 아픔의 한 종류라고 더듬거리는

그를 따라 그가 봐주는 선배의 가게에 앉아

삶이 저질러놓은 잦은 패배와

아무 짝에도 쓸모없는 늙은 후회와

마이크 앞에만 서면 결코 어눌하지 않은 그의 노래를

눈 감은 채 듣는다.

나이 먹은 기타가 소리를 내고

읊조리는 그의 생은 그가 쓴 시詩다.

바람이 불러주는 대로 따라 적는

그가 부르는 노래는 그가 흘린 눈물이다.

수상한 계절

나무 아래 누가 서 있다.
약해진 햇살이 구급차에 실려 가고
생생하던 이파리가 물들고 있다.
발자국 소리가 깊어지고
꽃들의 체온이
그리움의 온도로 바뀌었다.
밤이면 창 밖에 수상한 것들이 몰려와
울고 있다.
부치지 않을 편지라도 써야 하는지
나무 아래 찾아가 물어보고 싶은
가을이었다.

백내장

내 귀에 살고 있던
풀벌레 소리 여럿
가을의 동선 따라 옮겨 간다.
별에서 온 문자를 보관하던
노각나무 편지함은 비어 있고
시간이 만든 사물함에 열쇠를 꽂으며
황혼이
공원의 벤치 위에 페인트칠을 하고 있다.
윤슬에 눈이 부신 강물이 길을 잃고
내 눈동자에 살고 있던 맑은 별 하나
희미한 슬픔 뒤로 사라져 간다.

물고기

견디기 힘든 슬픔은
침묵이라 부른다.
그 뒤엔 아마 고요가 따라갈 것이다.
상복 입은 행렬과 다른
커다란 돌 하나 던져 넣을 때
호수가 보여주던
파문 뒤의 묵언 같은
고요는 그런 것이다.
고요는 마침내 속을 비워
햇빛에 투명한 내부를 비춰주는
물고기 같다.
욕망에 흔들리지 않는
물고기는 물결 대신
지느러미를 흔든다.
슬픔이 와도 눈을 뜬 채
지느러미만 흔든다.
입만 벙긋거리며 아무 말 하지 않는
호수가 물고기 속에 숨죽이고 산다.

슬픔

슬픔이 팔 굽혀 펴기를 하고 있다.
하늘나라로 간 사람들이
지상의 지인들을 단련시키고 있다.
지쳐서 엎어지는 슬픔에게
98퍼센트가 넘는 수분과
약간의 나트륨이 섞인 눈물이
위로의 잔을 건네고 있다.
오래 갈수록 슬픔은 부패하기 쉽다.
부패한 슬픔을 망각이라 부르는 사람들이
기억의 지하실에 오늘을 유폐시킨다.
오지도 않는 내일에 매달리는 하루가 가고
오늘이었던 어제와 현재가 될 미래가
생각의 감옥에 갇혀 눈물 흘리고 있다.

새의 이유

새가
날아오른다고 말하고 싶지 않다.
어쩌면 여행하고 있는 것인지도 모르지만
날아오른다는 말을 들으면 저 예쁜 새가
날아가 다시는 돌아오지 않을지도 모른다는 것이
내 생각이다.
땡볕에 집을 짓는 새의 움직임을 보며
새가 물고 오는 그들의 건축 자재를 보며
한평생 지어놓은 것 없이
산 듯 죽은 듯 지나가고 있는 내가
사실은 날아오르는 중이라고 말한다면
누가 믿겠는가.
이쪽 가지에서 저쪽 가지로 날아가는 새처럼
저 별에서 이 별로 나는 여행하러 왔다.
여행이 끝나면 원래 살던 곳으로
다시 돌아가게 되겠지만
그런 이야기를 누가 믿어주겠는가.
날아오르는 것도 아니고 뭔가를

짓고 있는 것도 아닌 나는
여기까지 왜 왔는지, 그리고 어디로 갈 것인지
지금도 모르지만 앞으로도 모를 것이다.
새가 왜 날아가는지
사실은 새도, 나도 모르는 것처럼.

가을이 내게 쓴 몇 줄의 편지

쪼그려 앉은 계단 옆에 수레가 놓여 있다.
봄엔 꽃이 안길 그 위에
술 취해 잠든 누군가의 하루가 누워 있다.
길이 멀어 힘든 별빛은
오다가 지쳤는지 보이지 않고
체온을 잃어버린 석양이
다 못 칠한 거리 위로 물감 통을 쏟는다.
어디서 온 비애인지
초췌한 얼굴로 걷고 있는 고독은
우수보다 주름이 깊어 늙어 보인다.
어깨와 어깨 아래 휘어진 저 허리는
언젠가 내가 안은 희망일지 모른다.
꽃을 싣고 굴러가는 수레처럼
꽃 한 송이 뽑아 건넨 나의 일몰도
모르게 싸매어둔 연민일지 모른다.
늘 안에서만 아픈 이빨과
이빨 대신 아프지 못해 질근거리는 세월과
언제나 바깥을 떠돌기만 하던 나의

오래되어 힘 잃은 바람기야,

늙어서 미안하다며 울먹이는

문 밖의 저 계절 좀 보아라.

어디로 가라는 것인지 가르쳐주지도 않는다며

투덜거리며 지나가는 아픈 날들의

수고하고 무거운 나의 짐들아,

하늘 향해 열어놓은 저 창문 좀 보아라.

바람 불면 덜커덩거릴

여려서 자주 아픈 마음 좀 보아라.

이별이 두려운가요

당신 뒤를 바쁘게 따라 걸었던 것은
자꾸만 물에 빠지는 당신 그림자를
막아서기 위해서였어.
당신보다 먼저 밥을 먹고 일어선 것도
성급함 때문이 아니야.
시간을 이기기 위해 술 한 잔을 곁들였고
말 한 마디 없이 숟가락과 젓가락을 움직이는 동안
강변의 나무들은 꽃을 피우고
들판의 봄나물은 식탁 위로 옮겨 갔지.
정류장을 향해 다가가던 걸음이
정류장 지나서도 멈추지 못한 것은
사나운 세월의 속도 때문이 아니야
그래서 그런 것이 아니야. 우리가 삶에서 만난
침묵과 소외가 다 환멸인 건 아니니까.
까닭 없이 상처받고
어쩔 수 없는 체념에 잠긴다 해도
꼭 그런 건 아니야. 바람이 불면 풀이 눕듯
모든 일이 다 그런 것은 아니야.

세상 사는 풍경이 엇비슷하다지만

꽃이 진다고 슬픔이 더 커지는 건 아니야.

슬픔은 슬픔대로 길이 다르고

꽃은 꽃대로 피다가 또 지는 것이

봄이 왔다고 모든 것이 다

피거나 져야만 하는 것은 아니야.

당신과 내가 꼭

살아야 하는 것이 아닌 것처럼.

가을 미술관에서

감긴 태엽 풀리듯 치르르르
힘 빠진 여치가 소리를 낸다.
가을이 깊어졌다는 말이다.
계절이야 떠나면 또 오겠지만
빠져나간 여치의 영혼은 어디로 가나?
아물지 않은 상처 위로 덧칠을 하는
멀리 있는 시간이 붓을 놀리고
멈춰 있던 그리움이 윗몸 일으키는
너 없는 가을이야 어디인들 그뿐
두고 간 계절을 액자에 넣는
미술관 창으로 단풍이 든다.
흐르는 강물에 그림자 씻는
미루나무 이파리가 윤슬에 반짝일 때
가을엔 외로움도 눈이 부시다.

회상

세월이 갔다.
언젠가 눈이 내리고
또 언젠가 당신이 갔다.
만나고 헤어지는 일이란
봄날이 오고 봄날이 가는 것과 같아서
기쁨과 아픔이 절반씩 몸을 섞는 일이다.
누군가 오고 누군가 가는 것이란
가을과 겨울이 제각각
서로의 안부를 염려해 길을 묻는 것과 같아서
시간의 우체통에 모르게
편지 한 장 남기는 것이다.
떠나는 모든 것이 상처인 듯 아리다 해도
흔적도 없이 사라지는 것이 없는 것은 아니다.
밥 먹으라고 부르던 어머니의 목소리,
꼬리를 끌며 떨어지던 밤하늘의 별똥별,
골목에서 뛰놀던 아이들의 웃음소리,
손가락 구부려 헤아려보면
발자국 없이 가버린 것이 너무 많다.

헤어지기 좋은 시간·1

눈을 감아도 네가 보이지 않아.

다행이야. 이별이 이런 거라면 받아들일 수 있어.

내려오는 계단 뒤로 따라오던 피아노는

마음과 다르게 춤을 추고 있었지.

변하거나 바뀌거나 돌이킬 수 없는

마음은 믿을 것이 못 돼.

파도 위를 춤추던 달, 생각나니?

바다는 깨어지고

그 날, 그 바닷가 모래 속에 파묻히던

동그란 뒤꿈치처럼

가볍게 끝내고 싶은 건지 내가 신은 구두는

스탭을 밟듯 계단을 밟고 내려갔어.

끝나는 것이 이런 거라면 못할 것도 없지.

눈 감지 않아도 너는 이제 보이지 않는 걸 뭐.

아무리 찾아봐도 기다리는 사람은 없어.

어디서도 별은 안 보이지만

별이라고 말하면 금세 유성이 쏟아질 것 같아.

흐르는 눈물 대신 네게 유성으로 멀어질게.

내 이름 이니셜을 어디에도 새기진 마.

아무것도 기억하고 싶지 않아.

무엇으로도 남고 싶지 않아.

어디에도 소속되고 싶지 않다는 말이지.

이별이 이런 것이라면 몇 번은 더 할 수 있겠어.

처음이 힘들게 느껴질 뿐

몇 번이라도 너로부터 사라질 수 있겠어.

헤어지기 좋은 시간 · 2

네가 나의
심장인 줄 알던 날은 두근거렸다.
뚜껑을 들썩이며 끓고 있는 라면처럼
세상 모든 것이
증기기관차 내달리듯 입김을 뿜고
황혼이 좋은 날엔 자전거를 타고
황혼의 심장을 향해 달렸다.
네가 나의 심장이 아니라
일몰의 그림자라는 것을 알았을 땐 슬펐다.
헤어지고 싶은 날엔 편지를 쓰고
모서리 돌아서 안 보이는 곳까지
자전거도 타지 않고 걸어서 갔다.
세상이 나의 심장이라 믿는 날은 벅찼지만
세상은 언제나 부정맥이라
멈추어 선 기관차처럼 레일을 벗어났다.

2

재회

지난해 꽃들과 했던 약속을
지킬 수 없게 되었다.
다시 오기 전에 만들어놓겠다고 했던
구름이 얼굴 비추는 연못과
잎 떨어지지 않게 살살 부는 바람을
초대할 수 없게 되었다.
변하지 않을 것이라 계약했던
사랑과 우정 같은 문서는
어디다 두었는지 알 수 없고
겨울이 되면 다시 올 것이라 기약하던
장산의 독수리떼도 믿을 수가 없다.
자주 가던 카페는 문을 닫았고
여름이면 꽹가리 치듯 돋아나던 풀들은
예초기 없어도 풀이 죽었다.
풀죽은 풀이 무슨 수가 있겠는가.
가을이 깊어지면 따라서 깊어지는
산 위의 단풍들은 축지법이라도 쓰는지
골 깊은 백 리 길을 단숨에 점령할 것이다.

말이라도 있으면 말을 타고
평생에 걸쳤던 길을 또각또각
말발굽 소리 얹어 밟았으면 좋겠다.
힘 빠진 햇살이 누워 있는 흙길을
풀썩풀썩 먼지 데리고 걸어가
한때는 친구였던 희망과
재회하면 좋겠다.
뽀얗게 쌓인 먼지를 손으로 쓰윽 닦아내고
잠자고 있는 열정에게 안부나 전하며
꽃들이 피고 지는 법을 배워야겠다.

장산: 파주시 문산읍에 속한 지명. 겨울이면 독수리떼가 날아온다.

문지리 천사의 시

진짜 사랑한다는 그 말에 속지 말라.

진짜는 없다.

사랑도 없다. 있는 것은 부재뿐.

너는 언제나 내게 부재의 존재다.

없는데 있다는 말 웃기지 않나?

부재의 존재란 도깨비 같다.

진실이니 영원이니 하는 것이 설령

내가 사는 행성 어딘가에 존재한다 해도

너는 내게 도깨비일 뿐

나는 네게 뭐가 뭔지 모르겠다.

우리는 모두 모르면서 알고 있다.

알면서도 모르는 척하는 음험한 세상에서

모르면서 아는 척하는 너는

천사다.

비가 내리고

천사를 위해 나는 우산을 산다.

단돈 3천 원으로 천사를 위해

투명한 비닐로 된 하늘을 산다.

진짜 사랑한다는 말 같은 건 하지도 말라.
세상은 가짜로 만든 불량식품 같은 것이니
부재의 존재인 천사를 위해 비닐을 펴라.

문지리: 경기도 파주 탄현면에 속한 지명.

언젠가 너를 만난 그 순간처럼

그녀로부터 문자가 왔다.

별일 없어?

응.

정말 별일이 없다고?

응.

나 없으면 못 산다더니

어떻게 그럴 수가 있어. 어떻게 별일이 없을 수 있냐고.

스스로 자기 말에 시동을 걸어

분노의 엔진을 가열하는 것은

여전히 고치지 못한 그녀의 버릇이다.

그러니까 이제 내 번호를 삭제해줘.

지상의 명부에서 나를 그만 지워 달라고.

가열된 엔진이 폭발하기 전 스스로 전원을 꺼버리는 것도

생전에 하던 모습 그대로이다.

냐옹

누구를 찾는지 앉아 있던 고양이가

꼬리를 세우며 일어선다.

마음이 마음을 회초리처럼 때리고

주인 잃은 고양이가 담장 넘어 사라진다.
언젠가 너를 만난 그 순간처럼
삭제 못한 슬픔이 담벼락에 기대고
냐옹
꿈꾸기 싫어 잠자지 않는 시간이 액정 속에
스팸처럼 쌓인다.
사료를 뺏긴 고양이처럼 갸르릉거리는 소리 내며
꿈속에 있던 그녀가 하얗게 증발한다.

밤의 문자

잠 안 오는 밤에는 수면 유도제를 먹는다.
어디에 대기하고 있었던 건지 잠은
알약 한 알에 유도되어
누워 있는 내 육체로 몸 팔러 온다.
몸 팔러 온 잠에게 제안한다.
대기 장소를 가르쳐주면 앞으로는
문자로 부를게.
사랑, 이별, 협박
문자로 오는 것이 많다.
눈 부릅뜬 채 살고 있는 내가 부담스러워
달아나는 잠처럼
저마다 구해달라고 모스 부호를 보낸다.

지금 씨

지금 바빠서 안 돼. 라고 그가 말한다.
하는 것이 없는데도 그는 늘 바쁘다.
하는 것이 없다는 말은
돈 버는 일이 없다는 말이지만
하는 일이 없다는 말은 또
희망을 가질 일이 없다는 말이기도 하다.
언제 와? 라고 물으면 그는
지금 가고 있어. 라고 대답하지만
안 온다.
갑자기 친구를 만나서 늦었다고 둘러대지만
그는 사실 친구가 없다.
친구라고는 늘 쥐고 있는 손전화기뿐.
그가 하는 일은 온종일
그것을 들여다보는 일이다.
핸드폰을 손전화기라고 말하면 손바닥에
문자가 찍힐 것 같다면서 옆집 노인은
아코디언을 손풍금이라고 불렀다.
손풍금에 손을 얹은 채

노인이 기다리는 것은

1년에 한 번쯤 올까 말까 하는 자식의 문자.

시들어 가는 꽃 한 송이를

건반 위로 피워내며 노인은

꿀꿀한 날이면 나를 불렀다.

백 세까지 살겠다더니 기별 없이 가버린

노인이 문득 생각날 때면

그가 가지고 놀던 손풍금이 어디로 사라진 건지

궁금할 때가 있다.

사람이 사라지면 아끼던 물건도

따라서 사라지는 것인가?

내가 사라지면 우주도 사라질 것이다.

모든 것이 다 사라지는데

과거, 현재, 미래가 동시에 존재한다는

아인슈타인의 말을 믿을 수가 없다.

노인의 어제와 나의 오늘이

동시에 존재할 수 없듯

지금 갈게. 해놓고선 안 오던 그는 정말

가고 다시 안 온다.

앞서거니 뒤서거니 가는 것이 친구이지만

그렇다고 그 둘이 친구였던 건 아니다.

지금 바빠, 지금 안 돼, 지금 갈게

과거도, 미래도 외상일 뿐이라며 오직

지금만이 현찰이라던

지금 씨가 보고 싶을 때가 있다.

현찰만이 진실이라고 믿던 그에게 나는 언제나

외상이었지만

외상인 줄 알았는데 그는 내게 현찰이었다.

가난의 자격

무엇이 부족한지 그는
11평짜리 아파트 공모에도 떨어졌다.
빈 몸뚱이 하나 눕힐 수 있는 자격 또한
행복한 사람들에게만 있는 건지
아니면 행복할 가능성이 있는 사람에게만 있는 건지
집도, 아내도, 몇 푼 예금도 없이
위를 절제하고 심장을 이식한
그는 이제 공식적으로
가난의 지위에도 미달된 것을 증명한 셈이다.
그렇다고 그가 불행한 것은 아니다.
지인들이 모아준 수술비를 몽땅
자기보다 더 어려운 이웃에게 줘버리고 웃는
그는 누구보다 행복할 자격이 있는 사람이다.

절창의 역사

음정도 박자도 유체이탈 상태로 사촌 형은
목청 다해 노래를 한다.
그가 지키는 것은 오직 음치의 규칙뿐.
가사는 꼭 2절까지
온몸을 던져 소리를 지른다.
절창이다. 어쩌면 저런 음정이 존재할 수 있는지
나는 매번 감탄한다.
절창이 별것이겠나. 듣는 이가 감동하면 절창이지.
가난했던 60년대, 명문대학을 우수한 성적으로
졸업한 게 아니라 합격을 하고서도
바로 그 위의 형이
입학금을 들고 야반도주하는 바람에
고졸이 최종학력이 된 그의 스토리는
우리 집안의 역사다.
말하자면 절창의 역사다.
조금 더 잘 하거나 아니거나 차이뿐
누구나 노래는 한다.
그림도 마찬가지다. 누구나 그릴 수는 있다.

남보다 더 잘 부르면 가수이고
남보다 썩 더 잘 그리면 화가인 셈이다.
그렇다면 시는 어떻게 되나?
남보다 더 잘 쓰기만 하면 시인이 되나?
내 기억 속 명가수인 사촌 형은
듣는 이가 박장대소를 하거나 말거나
배를 잡고 데굴데굴 구르거나 말거나
2절에 더해 앵콜까지 부른다.
야반도주로 헝클어진 젊은 날과
살아남기 위해 고군분투한
전쟁 같은 생을 바쳐 그는 절창하는 것이다.
이제 와서 돌이켜보니 그가 시인이다.
진심을 다해 노래를 부른 그가 진짜 시인이다.
등록금을 들고 나르샤한
왕년의 주먹이던 그 위의 형을 찾아
상경하면 나는 형의 나와바리인
단성사 근처로 가곤 했다.
무정한 세월에 쫓겨 서로 연락 없던 어느 날

어떻게 된 셈인지 기별을 못 했다며

나르샤 형이 고백하듯 전화를 걸어왔다.

앵콜을 청하기도 전 명가수 형이

인생이란 무대를 내려가 버렸다고.

헤이리

오늘 너무 놀았다.

풍산 역에서 그를 태우고

탄현에서 너를 내렸다.

파주시 탄현면에 가면 있는 하늘.

적성 지나 연천 가면 피는 해바라기.

해바라기를 그리기 위해 고흐가

거기까지 간 적은 없다.

헤이리에서 만나자며 내린 너는

헤이리에 없다.

헤이리에는 치즈와 망고가 섞인 빙수

붉은 벽돌로 된 식당에서 나는

오늘 하루가 주문한 파스타를 먹었다.

와인 가게에서 와인은 사지 않고

너무 덥지도 그렇다고 추운 건 더욱 아닌 날씨가

너덜거리는 인생에 옷 한 벌을 내주었다.

희멀쑥한 옷을 걸친 자작나무가

서 있고 싶지 않은 표정으로 손님을 기다리고

게이트8에서 게이트1까지

구두가 가는 대로 따라 걸었다.
더 늙기 전에 여행을 가겠다며 여자들이
적금을 깨트려 항공권을 구하고
어디에도 가고 싶지 않아 나는
더 늙어도 되느냐고 길바닥에 묻는다.

봄의 폭설

아무도 없는 벌판에서
보이는 것들 모두 묻어버리겠다며
퍼붓기 시작한 눈보라
하늘이 깨어져 눈이 쏟아지는 것이 아니라
눈이 쏟아져 하늘이 깨어진 것이다.
어쩔 수 없어 산다고 해도
삶이 있어서 내가 사는 것이 아니라
내가 살아서 삶이 있는 것인데
누가 낸 광택인지
반짝거리는 꽃 손가락
눈발 사이로 내밀며
차가운 바닥을 조그맣게 밝힌 얼음새꽃.
봄이 와서 꽃이 피는 것이 아니라
꽃이 피어서 봄이 오는 것이다.

할미꽃

늙을수록 깨끗하게 하고 다녀야지.
시들고 있는 꽃에게 말한다.
나이 들수록 멋지게 차려입고
희망 없는 할머니들을 즐겁게 해야지.
서 있는 봄에게 윙크하며
휘어진 할미꽃 허리를
스카치테이프로 깁스한다.
태어날 때부터 할머니인 할미꽃처럼
태어날 때부터 불운을 혹처럼 지고 있는
낙타 같은 하루가 언덕을 넘어가고
일몰의 봄날이 꽃향기를 뿌린다.
수군거리는 꽃들의 색깔 있는 수다에
누가 보면 세상이 아름다운 줄 알겠다.
유리에 비친 하늘이 진짜 하늘인 줄 알고
머리 처박아 떨어진
누가 보면 추락이 비상 飛翔인 줄 알겠다.

그런 봄

우리는 그녀를 봄이라고 불렀다.

그래서 봄에게 어찌했는데?

어찌하긴요 뭘, 그냥 헤어졌지.

왜? 뭣 땜에 헤어졌는데?

오래 살았잖아요. 서로 맞는 것도 하나 없고.

맞지도 않는데 그렇게 늘 붙어 다녔니?

새 인생을 살고 싶어요. 잘 맞는 여자 만나서.

방문을 열고 슬며시 여자 하나가 들어왔다.

잘 맞는 여자구나.

들어오는 여자를 흘겨보며 나는 바깥으로 나왔다.

계면쩍은 듯 서 있는 그의 등 뒤로

난감한 표정 하나 흔들리고 있다.

웃기는 놈.

저녁 먹고 가라는 손을 뿌리치며 자동차가

부르릉 소리 질러 역정을 낸다.

다른 방을 쓴 지도 오래됐고요. 안 하고 산 지 까마득해요.

미친 놈, 그 나이에 아직도 할 게 있나.

실소를 흘리듯 누가 체머리를 흔든다.

달리는 차 옆을 또 다른 누가 알몸으로 따라온다.

바다구나.

피 튀기며 파도가 황혼과 싸우고 있다.

눈부시다.

모든 게 물속으로 사라졌으면 좋겠어.

눈을 가린 채 또 누가 붉은 해를 향해 속삭인다.

다 놓고 삽시다.

살구나무 위로 내려앉는 봄에게 문자를 하기 위해
자동차를 세웠다.

최면 속으로

계단은 모두 백여덟 개입니다.

내려갈 때마다 하나씩 숫자를 헤아리면 됩니다.

난간을 잡고 넘어지지 않도록 천천히

당신은 이제 하나, 하나 계단을 밟습니다.

백여덟 개의 계단을 다 내려간 뒤

바닥에 닿으면 알려주세요.

암시를 준 뒤 그는 침묵했고

숫자를 헤아리며 나는 계단을 내려갔다.

감은 눈 속으로 스크린이 펼쳐지고

어두운 계단을 조심조심 밟는 동안

그와 나 사이에 라포르가 형성됐다.

안개가 걷히듯 희미한 공간 너머

내가 찾는 존재가 정말 나를

기다리고 있을지도 모를 일이다.

바닥에 닿는 순간 떠오르듯

그의 목소리가 들렸다.

천천히 주위를 둘러보세요. 뭐가 보이는지

보이는 것이 있으면 알려주세요.

들판이 나왔어요. 들판에 핀 꽃들이 보여요.

조금 더 자세히 보세요.

어떤 꽃인지 알 수 있나요?

안개꽃 같기도 하고, 자욱하게 피었어요.

꽃 속에 누가 있는지 이제 당신은 그 사람을

만나게 됩니다. 조금 더 멀리,

하늘에 떠 있는 새가 내려다보듯

시선을 점점 넓혀 보세요.

자, 하나 둘 셋 하면 그 사람이 당신 앞에

나타납니다.

딱, 소리를 내며 그가 손가락을 튕겼고

지평선과 들판이 만나는 경계에서

신기루가 떠오르듯 누군가가 나타났다.

아, 누가 보여요. 저 멀리서 누가

안개가 움직이듯 다가오고 있어요.

그 사람이 누군지 자세히 살펴보세요. 그리고

그 사람을 알아볼 수 있는 곳까지 가 보세요.

여자 같아요. 긴 머리가 바람에,

바람에 머리가 날리고 있어요.

습기를 머금은 듯 축축한 공기가 느껴졌지만

어머니는 아니었다.

그렇다고 어디서 본 적이 있는 얼굴도 아니었다.

생면부지의 누군가가 들판 끝에서

울고 있었다.

마지막 1년, 몸의 기능을 다 잃은 어머니는

주사기로 주입하는 수분에 의존한 채

세상을 떠나셨다.

눈동자의 깜빡거림만으로 최소한의 의사소통을 하며

봄이면 꽃 피는 집들이 보이는 뒷산에

유골을 뿌리겠다고 나는

어머니의 동의를 구했다.

의료용 침대를 업체로 반납한 뒤

재가 된 어머니를 나무 아래 뿌리는 동안

바람에 흔들리는 소나무 가지 하나가

눈물이라도 흘리는 듯 자꾸

솔방울을 떨구었다.

라포르rapport: 최면에서 시술자와 피시술자 상호간에 이루어지는 신뢰.

고양이 아카시아

배부른 고양이가 보이지 않더니
아기 고양이 네 마리가 찾아왔다.
같은 무늬 외투를 입고 있지만
나는 쉽게 녀석들을 구별하고 이름을 붙여준다.
바람이, 숲속이, 봄날이, 흰눈이
녀석들이 자라는 동안 아카시아가 지더니
언덕길엔 하얗게 꽃눈이 쌓였다.
쌓인 눈을 내려다보며 서 있던 나무가
어딘가를 가리키듯 가지 하나를 내민다.
언덕이 끝나는 곳엔 무엇이 있나.
무엇이 거기 있어 우리를 기다리나.
이대로 가면 된다. 이대로 걸어가다
눈 녹듯 사라지면 된다.

새의 안부를 숲에게 묻다

아프지 않고 잘 있니?
무료한 날들이
닫아놓은 창문을 무례하게 두드릴 때
부딪혀 떨어지던
새의 이마는 어떻니?
깨어지지 않고 살기 힘든
세월의 안부를 시계에게 묻는 날
초침은 어떻니?
숲을 깨어나게 하던
새들의 목소리는 또 어떻니?
시침에 걸려 있는 날짜를 떼어내며
숲의 안부를 낙엽에게 전하는 날
괜찮니? 다들 별 탈 없이
잘 살고 있니?

신파같이

어제 꾼 꿈을 오늘 또 꾼다.

연속상영이다.

그런데 한쪽에선 울고 있는데 다른 한쪽에선

노래를 부른다.

꿈의 동시상영이다.

그 옛날 변두리 삼류극장에서 상영되던

비 내리는 스크린 속 배우들이 그립다.

인생이 신파라면 나는 그 신파의 주연이다.

사는 게 희극이라면 나는 그 희극의 단역이다.

지나가는 행인1이거나

귀싸대기 맞고 서 있는 행인2다.

밤이 오면 어둠을 향해 안녕, 하고 인사한다.

안녕,

폰폰따리아 마주르카, 디젤엔진에 피는 들국화

옛날에 어떤 시인은 그렇게 시를 썼다.

지금 나는 이렇게 쓴다. 헬로헬로 미스터 몽키.

노래를 부르던 시절은 이미 갔다.

갈 것은 모두 가고

가지 않아도 될 것도 덩달아 갔다.

한번 간 것은 다시 오지 않는다.

한번 속은 청춘도 다시 속지 않는다.

오늘 꾼 꿈을 내일 다시 꿀지 모르겠지만

인생은 쓰고 영화는 끝난다.

낙숫물 사연

밤에 비가 내리면 잠을 잘 수가 없다.
낙숫물 소리가
중얼거리는 소리 같기 때문이다.
비 오는 날, 세 살던 단칸방 들창문을
무슨 말인지 알 수 없이 중얼거리며
잠도 못 자게 두드려대던
친구는 마흔넷에 세상을 떠났다.
하나뿐인 그의 딸을 장례식에서 처음 봤다.
발인이 끝나자마자 딸내미 거두어
돌아가겠다는
이혼한 그의 처에게 나는 알겠다고 말했다.
뭘 알겠다는 것인지 그녀도, 나도
아무것도 뾰족하게 아는 것이 없었지만
한때 다 친구였던 우리는 서로
그간의 사정들을 모른 척하고 싶었을 뿐.
비 오는 날 포장마차에 환자복 차림으로 앉아
맥주 한 잔쯤은 괜찮다며 너털웃음 터뜨리던
먼저 간 그가 아닌 또 다른 친구 역시

계절이 끝나기 전 세상부터 끝냈다.

유일한 술친구였던 면회객마저

오래지 않아 그를 따라 길동무가 되었으니

술의 힘에 친구 셋이 타살 당한 셈이다.

그들이 약한 것인지, 내가 강한 것인지

그들이 취한 것인지, 내가 취한 것인지

혼자 남은 한밤중에 비는 내리고

낙숫물은 뭐라고 내게 자꾸 중얼거린다.

한쪽 귀가 들리지 않아 세상 모든 스테레오를

모노로 접수하는

반쪽의 내 귀에 대고 술주정하듯

추적거리고, 칭얼거리고 끝없이 푸념한다.

읍내 여자

사람들이 다 불쌍하지 않나?
멀쩡한 이들이 왜 불쌍하냐고?
마음이 그런 것일 뿐 저 사람들은
그렇지 않다고?
문득 멀리 남쪽 바닷가 마을에서
점심 먹고 나오던 날이 생각난다.
네비가 없던 때라 지도를 보며 찾아갔던
읍내 유서 깊은 맛집이던 그 식당에서
함께 앉아 밥 먹던 여자를 떠올린다.
별것 아닌 일에도 글썽이던
그녀의 눈동자에 담긴 봄 풍경은 어땠는가.
늙으니 눈물이 많아진다며 미소 짓던
돌이켜 생각해보면 새파란 나이였던
그녀는 그때 아마 막 이혼을 하고
돌담 위에 선 듯 기우뚱거리던 삶을
추스르려 했던 모양이다.
봄꽃 피는 담장 위로 새순 돋던 가지와
어디서 날아오는지 모를 향기와

방금 나온 식당에 머물고 있던 생선 비린내와

조금 더 걸어가면 들려올 것 같은 육자배기와

진양조장단의 끝 모를 삶에 넌더리를 내던

그때 보고 다시 못 본 사람들의 안녕이

궁금해질 때가 있다.

하나씩 세상 떠나거나 소식 끊긴 일행의

불쌍하지 않은데도 슬픈 인생이

느닷없는 속도로 나를 향해

안부를 물으며 걸어올 때가 있다.

황혼이 지면

이미자 노래이던가. 황혼의 블루스인지
엘레지인지를
8만 원 주고 산 하모니카로 분다.
황혼이 질 때면 생각난다는
노래가사 같은 사랑은 내게 없고
단조의 슬픔이
불면 소리 나는 입술의 슬픔으로 전이된다.
슬픔은 모두 입술로 전이되는지
암이 다른 장기로 전이되었다는 소식을
입술 아닌 손가락으로 내게 알린 친구는
비보를 낭보朗報라며 너스레 떤다.
머지않아 친구를 잃을 테니
나 없는 세상에서 독야청청 하거라.
공수래공수거인 인생에서
비보를 낭보로 해석하기 위해 나는
황혼이 찾아오면 한 번씩 하모니카나 불며
친구의 예언대로 독야청청 해야겠다.
엘레지는 끝나고, 누가 어딘가로 사라졌다 해도

아마도 나는 아무 생각 나지 않을 것이다.

아무 생각도 나지 않는 것은

아무 생각이나 나는 것보다 나쁘지 않다.

아무 생각도 나지 않는 것은

생각이 많아 생각에 코가 꿰는

고독의 시간보다 무섭지 않다.

친구가 가도 나는 여전히

살아 있을 것이다.

잘 먹고 잘 살다가 열반할 것이다.

열반의 범어梵語는 니르바나.

촛불을 끄듯 번뇌를 불어서 끈다는 말.

있지도 않은 촛불을 불어서 끄며 나는

촛불 대신 하모니카를 계속 불겠지.

황혼이 지면 아무것도 생각나는 것이 없는데

황혼이 지면 누군가 찾아오는 사람이 있다.

사려니숲에서

그녀의 뿔은 수렵의 그것과 다르다.
그녀의 뿔은 개화
꽃 피는 봄의 고로쇠나무가 길어 올린
별들의 지하수와 다르다.
머리카락 깊숙이 녹각을 감춘
적막의 하루가 손바닥을 문지르고
숲의 침묵이 봄의 수다와 만날 때
그녀의 슬픔은 녹피 밖에서
꽃 지듯 떨어져 새가 된다.
삼나무의 저녁이 별의 새벽이 되는 시각
은하계의 시간이 지상의 시간과 만나
지구의 심장 위로 명멸하는 그 시각
뿔을 버린 그녀가 걸어간다.
걷는다는 것은 무엇인가?
구근처럼 자란 근심을 드러내며
먼 산의 그늘이 꽃의 한숨을 삼킬 때
걷는다는 것은 행성의 항해를 따라 가는 것.
직립의 발자국이 소리를 내고

서 있는 나무들의 보행이 제 그림자만큼

늘어지다 아련히 사라지는 것.

고양이에게 물었다

슬픔에 대해 넌 어떻게 생각하니?
그러니까 존재하는 모든 것이
삶의 조건처럼 안고 있는 비애 말이야.
지평선 뒤로 떨어진 해가 노을을 데려오고
끌려온 것인지 노여움 감추지 못한 노을이
고양이의 수염을 홍시빛으로 물들인다.
녀석은 움직이지 않았다.
움직일 수 없는 상태인가 싶어
한 발자국 더 다가앉으며 나는
대답을 재촉했다.
아마도 넌 슬픔에 대해서 모르는 거구나.
고고한 척 바라보거나
갸르릉, 소리 내며 쾌감이나 표시할 뿐
아무것도 삶에 대해 아는 것이 없구나.
빈정거리듯 건드려봐도 고양이는
반응하지 않는다.
지금 녀석은 그럴 형편이 아닌 것이다.
기쁨을 드러내기엔 너무 늦은 것인지

털은 빠지고, 얼굴은 더러웠다.

비애라니, 그건 인간들이나 하는 소리지.

그 순간, 내 귀에 대고 누가

저항하듯 내뱉었다.

고양이인가 싶어 놀랐지만 아니었다.

뒤돌아 본 그늘 속에

단풍나무 한 그루가 서 있었다.

겨울이 다가오고 있어. 단풍나무가 말했다.

아니, 단풍나무가 아닌지도 모른다.

찾아올 혹한이 두렵지 않은 이 어디 있겠는가.

녀석은 그때까지 버틸 수가 있을까.

갸르릉거리는 소리 방울처럼 매단 채

허물어지는 가을을 견딜 수가 있을까.

허공에 매달린 눈길을 거두는 순간

어느새 고양이는 사라지고 없다.

단풍나무 역시 사라진 건 웬일일까.

그렇구나.

비애는 그들의 것이 아니었다.

비애는 내 것일 뿐

살아 있는 모든 것의 조건이 아니었다.

사미인곡

잘 닦은 구두를 신고 층계를 내려오는 동안 우울은 그녀를 잠깐 속박한다. 밝은 색 페인트를 칠한 빵집 문이 열리고, 빵 굽는 냄새가 누워 있던 아침을 나팔꽃처럼 깨운다. 불면은 읽히지 않는 책처럼 그새 서가에 꽂혀 졸고 있다.

자주 오는 불안과 익숙한 영혼의 허기 틈에 끼어 그녀는 자신이 속물이라 믿는 사람들을 향해 미소를 보낸다. 감추고 있는 경멸이 갈아입지 않은 속옷이라면 미소는 그녀가 즐겨 쓰는 액세서리 중 하나다. 예쁘면 모든 것 다 용서된다고 믿는 신앙이 바뀌지 않는 한 그녀는 화가 나도 입꼬리 말아 올리는 일을 잊지 않을 것이다.

카드를 꺼내어 물건 값을 치르며 그녀는 돈이 많았으면 좋겠다고 생각한다. 돈이 있으면 영혼의 질이 달라진다. 돈이 있으면 세상이 고화질로 빛난다. 고고한 자신과 세속적인 영혼을 분리해서 수거하며 그녀의 인생은 돈이 생기면 환해질 것 같다.

삭제

그들이 보낸 편지를 읽지 않고 버린다.
바람이 전한 문장과
가을이 겨울에게 보낸 고지서를
우편함 열지 않고 삭제한다.
어느 날 지구에서 삭제될 이름들을
길가의 가로수마다 새기고 있는 시간이여
네가 하는 헛수고를
내가 갚아야 할 이유는 없다.
아프지 않아도 아파야 하는 건강보험과
생존에 미터기 찍는 각종 세금과
한 번도 마음의 불 밝혀준 적 없으면서
꼬박꼬박 받아 가는 전기 요금을
어둠이 깊어져도 떼먹은 적 없었다.
10년 전에도 괴로웠고
20년 전에도 괴로웠고
30년 전에도 돌이켜보면
아마도 괴로웠을 것이라는
절망으로 병나발 불었을 우울의 문장이여

네가 보낸 택배를 뜯지 않고 버린다.
지구의 자전과 공전을 못 이긴 척 따라 하며
겨울이 봄에게 보낼 연애편지를
꽃보다 미리 훔쳐 베껴놓는다.

개미

한 편의 시를 쓰기 위해
낭떠러지에서 뛰어내릴 이유는 없다.
알고 보면 시가
시가 아니라 절벽이듯이
자신을 택하지 않으면 방아쇠를 당기겠다고
위협하는 사랑은
사랑이 아니라 정신병이다.
세상 모든 정신병이 비번秘番을 풀 수 없듯
세상 모든 사랑엔 방아쇠가 달려 있다.
세상 모든 손가락이 방아쇠를 당긴다면
세상은 세상이 아니라 형벌이다.
한 생애 지고 온 고통의 총량을
살아온 시간 합산해서 나누어보면
1분당 내가 받은
아픔과 슬픔의 무게는 몇 그램일까?
몸무게의 50배가 넘는 짐을
가볍게 이고 가는 개미는
가벼운 줄 알지만 사실은

죽기 아니면 까무러치기로 길을 간다.
죽기 아니면 살기로 하루를 보내고
살기 아니면 죽기로 한 생을 소모한 뒤
뻣뻣해진 영혼으로 방아쇠를 당기는
무엇을 택하라고 세월은 내게
손가락 구부려서 고지서를 내미는가.

달력 위에 동그라미

모든 날이 내겐 일요일이야.

며칠인지 묻진 마.

몇 월인지도 모르는 게 좋아.

뭔가 피면 봄이고, 뭔가가 떨어지면 가을일 뿐

정신을 차리고 내다보면

남아 있는 날이 많지 않아.

눈은 내려서 부뚜막에 앉은 나를 얼어붙게 하고

타오르던 불길은 꺼진 지 오래야.

활활 또는 훨훨

불타거나 벗어 던지고 싶은 날은 지나가고 없어.

이 길로 뚜벅뚜벅 걸어가면 끝이 나올 거야.

진실은 모두 그 끝에 있어.

평등을 부르짖던 사람들에게

공평함을 보여주는

끝에선 피아노를 치지 마.

악기는 두고 가는 게 좋아.

심장을 두드리는 북소리와 계산기도

버리고 가는 것이 편해.

달력의 날짜들을 지우고 나면
세상은 훨씬 아름다워질 거야.
숫자 없는 세상이 가벼워지고 있어.

포효

내 안에 숨어 있던 말들이 풀려 나온다.
말하고, 말하고, 또 말하고
눌러뒀던 설움이 터져 나온다.
울고, 또 울고, 또또또 넘쳐서 흘러내리는
눈물은 누구의 호수를 젖줄 삼은
침엽수림인가.
눈 덮인 숲속으로 말 달리며
거세게 발자국 찍어 흔적 남기는
통곡은 어느 산 큰 호랑이인가.
찌르고 또 찔리며 연명하는
삶이라는 형벌은 누가 쓰는 무기인가.
겨우내 얼어붙은
계곡의 육각수가 풀려 나온다.
형틀에 묶여 있던 수인囚人들이
우르릉쾅쾅 발 구르며 포효한다.

나는 내가 아니다

그들이 생각하는 나와
내가 생각하는 나가
삐치고 눈 흘기고 밥을 먹는다.
거울에 비친 나를 위해
머리 빗고 미소짓고 옷을 입는다.
방금 그들이 창조해낸 내가
그들의 입 속에서
괄시받고 짓밟히고 추락한다.
스스로 만들어놓은 생각을 그들은
스스로 능멸하고 있는 것이다.
내가 생각하는 그들이 그가 아니듯
나는 내가 아니다.

3

몇만 번 날갯짓해야 거기까지 갈 수 있을까

새에게 터보엔진을 달아주고 싶다.
별과 별 사이에 무지개가 놓여 있듯
절망과 희망 사이에 사다리를 놓아주고 싶다.
새들이 날아가는 창공에 기지국을 설치하고
불통의 하느님과 통화하고 싶다.
여보세요 뭐 하세요 우리를 도대체
어떻게 하려고 이러는 거예요.
한때 살던 별 위로 황혼이 오면
황혼과 멱살 잡고 한판 붙고 싶다.
장미가 핀 길 위를 맨발로 걸어가며
꽃향기에 취해 몸 팔고 싶다.
가져갈 수 없어도 숨겨놓을 것 많은 이들이
키우던 강아지를 공원에 버리고
바람이 불면 바람에게
가고는 오지 않는 이들의 안부를 묻고 싶다.
어제는 벌들이 사라지고 오늘은
꽃들이 사라진다.
내일은 직장이 사라지고 모레는

영혼이 사라질 것이다.

무지개 위로 올라가 새들의 나라로 활강하며

안녕, 손 흔들며

지구와 그만 이별하고 싶다.

타클라마칸의 시

새는 날개가 둘
나는 열 장의 날개를 가지고 있네.
접어놓은 날개를 한 장씩 펴며 사람들은
가파른 세상을 넘어간다네.
펴고 싶어도 펼 날개 한 장 없이
온몸으로 기어서 세상 건너는
지렁이에겐
몇 장의 보도블록도 타클라마칸이라네.
사막은 세상의 다른 이름이라서
곳곳에 버려진 타클라마칸은
번창한 죽음의 옛 수도音都라네.
지금 나는 살아 있지만
열 장의 날개를 다 꺼낸 뒤
알 수 있는 것은 아무것도 없다네.
겸손, 정직, 사랑, 열정
가지고 싶은 이름들을 붙여놓지만
내가 가진 날개는 그것이 아니라네.
내가 펴는 날개는 밀랍 같아서

지렁이의 그것과 닮아 있다네.

머리 위에 행성은 돌고 있지만

타클라마칸의 미래는 그 누구도 모르고

나는 곧 하나 남은 날개를

펴야 한다네.

바람의 연서

생의 비의秘意에 대해 노래하지 않겠다.
비의가 아니라 비리라고 주장하는
귀때기 새파란 진실에
49퍼센트의 지분으로 동의하겠다.
날마다 종말을 도모하는
음모와 불행의 신을 경배하며
손가락 구부려 방아쇠 당기는
세월의 병사들을 저격하겠다.
내 삶의 라스푸티차가 노획한
실의와 좌절의 탱크들을 분해하며
캐터필러 벗겨진 양 다리를
슬픔과 기쁨 사이에 걸치겠다.
아무것도 함락하지 못한 지난 생을 복기하며
무릎 꿇어 항복하는 비애는
호시탐탐 나를 노리는
적이 아니라 동지였다.
모든 것이 사라지는 길 위에
변하지 않고 남는 것 있다면

사랑이 아니라 증오라고
바람에 연서 한 통 날려 보내겠다.

라스푸티차: 토양이 진흙으로 변하는 현상으로 우크라이나 국토의 80퍼
센트인 흑토지대에서 일어나며 탱크 같은 차량의 통행이 힘들어진다.

사막 일기

행성에 모래 바람이 분다.
몇 날 며칠 퍼붓는 모래에 묻혀
사라져버린 도시 누란을 생각한다.
낙타 대신 걷고 있는 자동차.
구르는 바퀴에 치여 몇 세기가 사라졌다.
외계의 존재들과 UFO
시리우스에서 왔다는 남자와
오리온 별에서 본 적 있는 나의 후견인.
1900년대, 내 발을 끌어당기던
도심의 골목길은 사라지고 없다.
길이 사라졌다는 것은 무슨 뜻인가.
사라진 은하수는 우리 눈에 안 보일 뿐
친구라고 불렸던 염소와 샴 고양이,
유목민의 음식을 먹으며 게르에서 잠드는
짧은 비 그치면 풀들의 키가 크고
프로펠러 소리같이 요란한 메뚜기가 날뛴다.
어제 본 신기루는 어디 가면 있을까.
21세기는 얼른 몰락할지 모른다.

내 안의 오아시스를 빨대 꽂아 건네면
샘물은 마르고 모래는 쏟아진다.

게르는 몽골 유목민의 천막 집.

눈길 하산

오늘은 걸었고 내일은 알 수 없다.
바람이 가는 방향 따라 나무는
귀 세우는 토끼처럼 가지를 세우고
쫑긋거리는 소식 따라 저녁에 오는 눈은
헤어진 시간마다 마침표를 찍는다.
눈길을 표류하는 발자국 하나
지워진 기억 속을 점으로 남고
눈 덮인 모든 산이 히말라야라며
워키토키 손에 들고 너는
삶의 베이스캠프와 통신한다.
베이스캠프는 대답하라 오버.
여기는 베이스캠프, 말하라 오버.
어디가 정상인지 알고 싶다 오버.
올라갈 길 다 끊기고
내려갈 길만 보이면 그곳이 정상이다 오버.
눈보라 몰아치듯 휴대폰으로
폭풍 문자 날려 보내며 나는
내려오기 위해 하나씩 짐을 버린다.

올라가기 위해 사람들은 등짐을 지고
내려오며 그것을 버려야 한다.
어제는 살았고 오늘은 알 수 없다.
눈 위에 지워진 발자국, 흔적도 없듯
내가 어디에 존재하고 있는 건지
찾을 수 없다.

황금새

푹푹 찐다는데
고구마는 아직 밭에 있다.
뭘 하는지 아직 나오지 않고 있다.
스님, 불 들어갑니다. 빨리 나오세요.
고구마도 아니면서 노승은
애타게 불러도 나올 생각이 없다.
불구덩이 속에서 뭘 하고 있는지
장작 타는 소리가 소낙비 같다.
때리는 소낙비에
처마 끝에 매달린 풍경이
먼 산 바라보며 훌쩍거리면
어릴 적 생각하며 노승은 눈물을 닦았다.
앉아서 죽는 것이 시시하다며
좌탈입망 물리치고 중국의 한 선사禪師는
거꾸로 선 채 그 자리에서 세상 떠났다.
도道가 그렇게 별난 것인가?
유별난 사람들이 특별하게 죽었지만
푹푹 찌는 더위에도 노승은

불 속에 누운 채 나오지를 않는다.

시골의 노친네는 까던 양파 손에 쥔 채

세상 떠났고,

나무에서 내려와 새들은

숲속의 그늘 찾아 세상 떠난다.

앉아서 죽건, 서서 죽건 무슨 상관이겠는가.

나오라는 노승은 나오지 않고

황금빛 새 한 마리 불구덩이를 나와

고구마 밭 있는 산 쪽으로 날아오른다.

찬란했던 황금빛이

새인지, 불길인지 모르겠다.

찌는 더위 지나 선선한 바람 부는 9월~10월이 되어야 고구마는 밭에서 나온다. 불교의 전통적인 장례법인 다비茶毗는 쌓아놓은 장작으로 시신을 태우는 화장을 말하는데, 장례가 시작되면 불붙은 장작을 든 젊은 승려들이 "스님, 불 들어갑니다"라고 외치며 시신이 안치된 장작더미에 불을 붙인다. 좌탈입망坐脫立亡은 참선하는 자세로 앉아서 죽는 수행자의 임종 방식이다. 중국 선禪의 큰 스승이던 도신 선사는 좌탈입망도 시시하다며 거꾸로 선 채 입적入寂했다고 하는데, 이는 삶과 죽음이 둘이 아니라는 생사불이生死不二의 불교사상과 연계된다.

최선을 다해 죽다

골목 쪽으로 화살표가 있고
베스트 장례식장이라는 입간판이 보인다.
장례가 베스트라니
최선을 다해 죽었다는 말인가.
아니면 죽음이 최선이란 말인가.
내 인생의 최선이 뭐였던지 나는
나를 향해 질문한다.
화살표 따라가면
죽음이 과녁으로 쓰는 노년이 나오고
시간이 모든 것에 녹을 입힌다.
청동그릇처럼 녹을 두른 채 나는
서기 3000년쯤에 발굴될지 모른다.
기우는 인생을 버티기 위해
별과 별 사이에 다리를 설계하던
몽상가와 철학가가 교각 위로 올라가고
뛰어 내리기엔 너무 가파른 생이
새처럼 우두커니 앉아 있다.
겨울이 오면 아마

화살의 방향에 변화가 올 것이다.

북북서 아니면 북북북

과녁이 놓인 곳엔

최선을 다해 죽고 싶은 사람들이

안 벗겨지는 녹을 쓴 채 기다리고 있다.

씨앗

도처에 아픔이 있다.

그것을 피해 나는

도마뱀처럼 꼬리를 자르며

석기 시대와 청동기 시대의

무기처럼 비를 맞는다.

B.C 2000년, 양쯔강 하류에선

식량을 보관하기 위해 토기를 사용했다.

서기 2022년, 임진강 하류에 살며 나는

생계를 보존하기 위해 라면을 끓인다.

천 년 된 씨앗에서 싹이 텄다는 기사를

인터넷으로 검색하며

자줏빛 꽃을 피우는 가시연꽃처럼

살아남기 위해 입을 다물고

망각을 위해 소량의 알코올을 흡입한다.

너는 내 삶의 보존을 위한

말랑말랑한 방부제.

방부제가 필요 없는 삶을 위해

몇 번의 실패와 몇 번의 도피를 감수한다.

아무도 다녀온 적 없는

청동기 시대의 거울에 얼굴 비추며 너는

가시 없는 연꽃인 양 나를 찌른다.

눈물은 석기 시대부터 지금까지

이별을 다루는 축축한 연장.

무기 버린 채 투항하는

씨앗은 저마다 슬픔을 잉태하고

적군과 아군을 구별할 수 없는 삶이

상류에서 하류까지 떠내려 온다.

소크라테스 견

개는
철학자의 표정으로 앉아 있다.
저렇게 심각한 얼굴이라니.
나는 그를 소크라테스 견이라 부르기로 했다.
지금 저 개가 앉아 있듯 길바닥에 앉아
말린 무화과를 먹고 있던 디오게네스는
플라톤을 발견하자
무화과를 좀 나눠주겠다고 제안한다.
그 말을 들은 플라톤이
남은 무화과를 다 먹어버리자
디오게네스는
나눠주겠다고만 했지 다 먹으라고는
하지 않았다며 플라톤을 힐난한다.
무화과를 다 먹어버린 아테네의 철학자처럼
나눠주지도 않아도 개는 혹시
무화과 때문에 철학자가 되려는 건 아닐까.
무화과 때문에 술꾼 되겠다며
술은 안 먹고

안주로 나온 무화과만 열심히 집어 먹는

옆에 앉은 여자처럼

모든 것 다 부질없어 소크라테스 견은

개로 살기로 한 것인지도 모른다.

반려견의 반려가 되어 끌려 다니며

목줄도 없이 묶여 사는 인간을 가엽게 여겨

소크라테스 견은

슬프고 심각한 세상 위로 꼬리 내린 채

소크라테스나 디오게네스 하고 있는지도 모른다.

디오게네스와 플라톤의 에피소드는 『그리스 철학자 열전』(디오게네스 라에르티오스 지음, 전양범 옮김, 동서문화사)과 『소크라테스 스타일』(김용규 지음, 김영사)에 실린 이야기.

허락

흙이 꽃의 뿌리를 받아들이듯
잘 벼린 칼날을 나무는 허락한다.
굴욕을 예감하는 무릎이
바닥 위로 꺾어지고
아무것도 수용할 수 없던 대리석의 마음이
강화유리 깨어지듯 부스러져 앉는다.
깨어지는 것은 마음만이 아니다.
어제 할인하는 시장에서
싼 맛에 들고 온
고요와 평화의 목록을
생계의 장부에서 누락시킨다.
할인 90퍼센트의 비결은
남아 있는 10퍼센트의 원가에 달렸으니
나는 인생을 싼 값에 박리다매했다.
흙이 꽃과 잡초를 구별하지 않고 받아들이듯
굴욕과 성취를 구별하지 않고 허락했다.
잘 드는 칼날이
칼 든 이의 손가락 먼저 베어내듯

소멸 앞에 남아 있는 시간을
모른 척해야겠다.

별똥별이 가는 곳

나와 다른 너를 받아들이는 것은

사랑의 오랜 습관

네 안에 내가 있다는 사실을

깨닫지 못한 사람은

초식동물이 날고기를 받아들이지 못하듯

소유와 번민을 사랑이라 믿는다.

일찍 집으로 돌아가는 새가

꽃씨 쪼듯 물고 온 밤하늘을

지붕 위에 널어놓고

별똥별의 안부를 걱정하는 사람들은

받아들이는 것이 단지

물러서는 것이 아니라는 사실을 알고 있다.

받아들인다는 것은

견고한 콘크리트를 뚫고 돋아난

새싹의 힘 같은 것

떨어진 별똥별의 행방을 찾아

영혼의 망원경을 들여다본 사람은 안다.

고배율의 렌즈가 펼쳐놓은 달의 표면을

느릿느릿 떠다니는 무중력의 한 생이
사랑이라 새겨놓은 은하계의 비밀을.

구멍

개미야, 고통에 빠진 사람 보면 좀
슬픈 척하자.
얼굴을 여러 개 가진 인간들처럼
무거운 것도 무겁지 않은 듯 져 나르며
표정관리하는 건지
잘룩한 허리마저 거슬리는구나.
실의에 빠진 세상 보면
잠깐 구멍에 빠졌을 뿐이라며
그냥 가고 싶더라도 좀
아는 척하자.
구멍에도 한 번씩 햇볕이 든다고
안 친해도 친한 척 좀
위로라도 하자.

피아졸라

뭘 졸라?

피아졸라, 아스트로 피아졸라.

비발디의 사계를 내려놓고

피아졸라의 사계를 듣는다.

부에노스 아이레스의 밤이 깊어가고

하느님을 졸라 세상을 바꾸겠다며 떠난 사람들이

돌아오지 않는다.

집 나간 아이들이 마약을 할지 모른다며

건너 집의 셰퍼드가 컹컹 짖는다.

있을 수 없는 일이 일어난 거지요. 그런 일이 잦아요.

편의점에 앉아 누가 그렇게 중얼거린다.

있을 수 없다면서 잦다니 그게 말이 돼요?

옆에 있던 다른 누가 피해자라도 되듯 항의한다.

그게 세상이니까요.

간단하게 내뱉는 답에 할 말을 찾지 못한 그가

계산대 뒤로 사라진다.

지나가는 가을 뒤로 겨울이

검은 마스크를 쓴 채 바이올린을 켜고 있다.

산소 호흡기를 떼고 그만 세상을 떠나겠다며
문자를 보낸 사람은 그가 아니라 그의 보호자다.
피아졸라의 사계가 끝나기도 전에 이번엔
글라주노프의 사계가 머리 속을 흔든다.
러시아 출생인 그는 프랑스에서 죽었다.
광주에서 내려야 되는데 졸다가
나주에서 내리게 되었다며 누가
한국의 라디오에 사연을 보내 온다.
사연이 너무 많아 며칠 전에 온 택배를
뜯지 않고 내버려둔다.
충동구매한 상품인 양
오래되지도 않은 배우자를 반품하는 사례가 늘었다며
택배 기사가 투덜거린다.
그게 세상이라니까.
중얼거리며 일어서던 누가 바닥에 지갑을 떨어트린다.
강도짓을 하던 피아졸라를
뉴욕으로 데리고 간 건 그의 아버지다.
그가 아버지를 조른 것인지 아니면

아버지가 그를 졸라 음악을 하게 된 것인지

겨울과 봄 사이에 낀 계절이 비올라 소리를 낸다.

집중

드드드드, 이건 재봉틀 돌리는 소리이고
콸콸콸콸, 이건 뭔가 부어서 넘치거나
쏟아지는 소리다.
하나는 거의 사라졌고 다른 하나는
여전히 어디에서 흐르고 넘치는 중이다.
팽팽하게 맞잡은 광목 펴는 소리나
다듬이질 소리는 사라진 지 오래다.
방망이질할 때는 방망이질만 하고
줄을 탈 때는 오직 줄 하나만 타야 한다.
벼랑 같은 삶에서 떨어지지 않으려면
조심조심 발끝을 살펴야 한다.
펼 때는 오로지 펴는 것만 생각하고
날 때는 오로지
나는 것 하나만 생각해야 한다.
펴기도 전에 떨어질 것이 두려워
심약한 날개 접어 숨고 마는 사람아,
대중 앞에만 서면 말 더듬는
오래된 긴장은 재봉틀 되어

드드드드, 사라진 어머니 생각을 한다.

드드드득드득, 오토바이를 타고 몰려가는

헬멧과 점퍼 걸친 소리들이

도시의 귓속으로 질주하는데

펴지지 않는 날개 펴며 진땀 흘리는

땀 흘릴 땐 오로지

땀 흘리는 것 하나만 생각해야 한다.

파라솔

발레리는 바람이 분다. 살아야겠다.

라고 노래했지만

바람이 불면 나는

마당에 펴놓은 파라솔을 접어야 한다.

태풍이 온다는데 접지 않고 내버려둔 파라솔을

길 가던 누군가 문 따고 들어와 접어놨다.

문 열어놓고 다니는 나를 알고 있는 누구인지

지나가던 우체부나 검침원인지

내 집을 제 맘대로 들고나는 사람들께

경외심을 느낀다.

생명에 대한 경외가 아니라

무단침입에 대한 경외이니 이건

그들과 나 사이에 금 긋지 않은

경계 없는 세상에 대한 그리움이다.

봐라. 그래도 세상은 아름답지 않느냐.

바람에 날아가지 않도록 파라솔까지 접어주니.

접히는 것들은 다 아름답다. 너와 나 사이에

금 그어놓은 뭔가를 한 수 접고 들어가는

사랑한다는 것은 결국

한 수 접어준다는 말이다.

한 수 접고 모르는 척 네 편이 된다는 말이다.

태풍에 파라솔 챙기듯 접어주며

내 편, 네 편 없다는 걸 보여준다는 말이다.

극야

다친 사람 곁에서 내가 아프다.
칼에 베면 환부에 약을 바르지 말고
칼날을 붕대로 싸매라는 처방에도
웃을 수가 없다.
원인과 결과가 뒤바뀐 하루가
날마다 찾아오는 빚쟁이 같다.
재주는 곰이 부리고 돈은 왕서방 대신
높은 놈이 먹는
전도된 날들이 눈 쌓이듯 쌓인다.
얼어붙은 날이 계속되면 가장 먼저
상식과 양심이 동결된다.
붕대 감은 칼날에 곰팡이가 피고
아파트 안 수도가 동파된다.
자주 얼굴 바꾸는 사람들은 신뢰할 수 없다.
하나만 고집하는 사람도 마찬가지다.
한겨울에 복숭아 꽃이 피듯
철 가리지 않고 나온 온실 과일도
믿을 수가 없다.

당도가 떨어지는 일상을

단물 빨아먹듯 쪽쪽 빨고 내뱉는

인생이라는 속물을 불신한 지 오래다.

시침이 조금 더 분침 가는 속도로 빨라지면

해가 달이 될지도 모른다.

산개성단散開星團의 푸른 별이

초거성超巨星으로 바뀌고

무의미해진 시간이 붉은 빛으로 해체된다.

시간이 모든 것을 변하게 했다는 말은

사실이 아니다.

사실 아닌 것들이 사실인 듯

별들의 경전을 낭독하고 있다.

극야極夜: 백야와 달리 밤이 계속되는 현상.

인격

그는 여러 개의 인격을 데리고 산다.
능숙한 소매치기가
남의 지갑에서 카드 빼듯
자신의 영혼에서
필요한 인격을 마음대로
넣었다 뺐다 한다.
은팔찌 여러 개 찰 범죄적 인격을 그는 쉽게
따뜻한 연인이라는
낭만적 인격으로 바꿀 수도 있다.
자신의 이익을 위해
차선을 바꾸듯 간단하게
냉혹한 킬러의 인격을 장착하기도 하는 그는
프로다.
타락과 열정을 함께 소지한 그의 영혼은 삶에서
축구공 움직이듯 쉽게 마르세유 턴을 구사한다.
그는 항상 골을 넣지만
지나고 나서 보면 그 골은 늘 오프사이드다.
골이 아니라 반칙인 것이다.

멀티 플레이어에게 열광하며 사람들은
스스로 멀티가 된 듯 착각한다.
착각은 영혼이 훔치고 있는
일종의 하위인격이다.
각각의 카드가 각각
다른 결제 구조를 가지고 있듯
바뀌는 인격에 맞추어 그는 아마
생리적 특징이나 병리적 현상도
바꿀 수 있을 것이다.
그의 영혼이 장착한 폭탄들을
일일이 평가하고 싶진 않다.
신용카드라곤 한 장밖에 없는 내가
남의 카드까지 신경 쓸 순 없는 것이다.

아가미

하루 두 끼 밥을 먹고, 직장에 나가 돈을 벌고

공휴일엔 낮잠을 자거나 넷플릭스를 연결해

지나간 영화까지 다 찾아서 보고

뭐가 문제인가요?

잘릴까봐 걱정이라고요?

실업수당을 받기 위해선

구직을 위해 노력한 증명서가 필요하다고요?

맞아요. 먹고살기 위해서 비굴해져야 하는

허리와 입술과 주눅 든 어깨는 문제를 일으켜요.

그렇지만 크리스마스 땐 놀겠다고

옆집에 사는 산타클로스가 말하는군요.

굴뚝에 매달려 있느라 지쳤다고

붉은 옷을 벗어 던진 인형이 투덜댔어요.

하늘로 날아오를 때까지 쉬겠노라고

산중턱에 짐을 부린 구름이 중얼거렸죠.

바깥은 언제나 시끄러워요. 사람들은 별나고요.

선생은 죽고, 제자는 없어요.

아이들은 태어나지 않고, 어른이 없는 것은 마찬가지예요.

아마도 지구는 한동안 돌다가 멈추어 설 거예요.

멈추어 서는 순간 모든 것이 쏟아지는 거죠.

중력은 필요 없어요. 우주의 허기 속으로 쏟아진 사람들이

손발을 허우적거리며 영원 속으로 사라질 거니까요.

영원 속에 뭐가 있냐고요?

영원 속엔 막막함, 숨 쉬지 않아도 숨을 쉬는

허파가 여럿 달린 아가미가 있어요. 영원 속엔

아무것도 바라지 않는 딴 세상이 있어요.

사라지고 싶은 날들이 레일도 없이 깔아놓은

슬프지 않은 슬픔이 숨어 있어요.

야매

한 번도 밭 갈고 씨 뿌린 적 없으면서
옥수수를 먹는다.
밭에 물 한 번 준 적 없으면서
방울 토마토를 따먹고
고추와 상추를 식탁에 얹는다.
먹는데도 자격증이 필요한가 묻겠지만
풀 한 번 뽑지 않은 나는 자격이 없다.
자격도 없이 그냥 야매로 여기까지 왔다.
야매로 먹고, 야매로 입고, 야매로 벌면서
아무것도 모르면서 아는 척했다.
하루에도 몇백씩 수월찮게 버는
놀라운 저 수완도 알고 보면
능력이 아니라 야매다.
식량이 무기가 될 것이라는 세상의 우려는
더 이상 야매가 통하지 않을 것이라는
행성에 대한 경고다.
말이나, 글이나, 머리로 구한 화폐 대신
밭 갈고, 씨 뿌리고, 벌레 잡는

자연이 발급한 투명 자격증을 소지한

농부와 노동자와

지구를 청소하는 환경 미화원과

식탁에 오른 고추와 상추에게

야매로 살았음을 밝힐 때가 되었다.

뿐이다

분노 속에 들어가
분노를 자기라고 믿으며 더 광분한다.
기쁨 속에 들어가
기쁨을 자기라고 믿으며 더 열광한다.
생각을 자기 자신이라 철석같이 믿으며
그 생각을 비판하면 상대를 공격한다.
공격받고, 공격하며 생각에 갇혀
생각의 종이 되어 시키는 대로 산다.
생각이 자기라고 굳게 믿은 나머지
생각이 다른 이를 원수처럼 미워한다.
어쩌겠나. 그렇게 살다가 죽을 수밖에.
날씨가 나쁘다고
화내는 꽃을 본 적 없다.
바람이 거칠게 다룬다며
바람에게 복수하겠다는 파도를 본 적 없다.
바람은 바람이 갈 길을 가고 있을 뿐이고
꽃은 꽃대로 제 모습을 지킬 뿐이다.
파도는 밀려와 해변을 적시고

모래는 젖어도 다시 마를 뿐이다.
꽃잎 떨어져 길바닥에 누워도
뿌리와 가지는 다음 해를 준비하고
때가 되면 사람은 꺾일 뿐이다.

겨울 대평리에서

겨울은 섬의 동백을 들뜨게 하고
박수기정 바라보며 자다가 깬다.
커튼을 열면 눈에 들어오는
바다와 절벽과 빨간 등대.
기우는 빛 속으로 누가 왔다 간 건지
문 앞에 노을이 지문처럼 묻어 있다.
자동차 급히 몰아 군산 오름 올라가면
성급한 저녁이 바람을 불러놓고
목소리가 크다며 잔소리하고 있다.
바람은 이 섬의 주인이다.
오름도, 한라산도 못 올라갈 곳이 없다.
오르지 못할 것은
숨소리 한 번 내지 않고 견디어온
세월의 계단뿐.
저녁이 하는 잔소리를 아랑곳하지 않고
휘몰아치던 바람이
익사하는 해를 구하기 위해 내달리고 있다.

박수기정은 제주 대평리에 있는 기암절벽으로, 근처에 있는 군산 오름에서 내려다보는 황혼이 장관이다.

재심 청구

기쁨의 유통 기간이 얼마 남지 않았다.
관절에 생긴 통증이 그것을 가리킨다.
일용할 양식을 마트에서 사며
유통 기간을 제대로 확인한 적이 없다.
버려야 할 것을 냉장고에 그대로
넣어두고 있는 건 아닌지 모르겠다.
유통 기간 지난 사람들이 퇴출된 채
폐기될 시간 향해 걸어가고 있다.
이정표는 어디 있나?
유통 기간을 폐지하겠다며
하느님과 맞장 떴던 사람들이
재심을 청구하기 위해 하늘나라로 간다.
하느님의 심기를 건드린 그들이
승소할 가능성은 없다.
그들은 다시 돌아오지 못할 것이다.
포장지에 적힌 날짜를 확인하며
늙어빠진 희망이 성형수술을 하겠다며
거울에 주름살을 비춰보고 있다.

밤눈

너무 늦었어.
밤눈이 남겨놓는 작별인사에
구겨진 골목길이 하얗게
허리를 펴고
쓸쓸한 기침 하나 문 앞에 떨어진다.
가버린 시간들은 어디로 쌓이는지
칠 벗겨진 우편함 위로 희끗, 외등을 켜는
눈발만 불빛에 소란한데
너무 늦었어.
모든 것으로부터 그리고
돌아오지 않을 것으로부터.

연결

자신이 버려진 줄도 모르고

그 자리 지키며

주인이 돌아오길 기다리는 개 한 마리나

길 위를 떠도는 배고픈 고양이를

따뜻하게 손 내밀어 보살필 때

숲속에 핀 꽃 한 송이가

별빛과 연결되듯

우리는 우주의 힘과 연결된다.

부지런히 움직여 먹이 물어 나르는

개미와 벌레들을 밟지 않으려

발끝 조심하며 산길 걸을 때

나무의 뿌리가 지하수와 연결되듯

우리는 몰랐던 생명들과 연결된다.

거미가 설치해놓고 간 거미줄에

걸려야 할 곤충은 걸리지 않고

간밤에 내린 비가 남기고 간 물방울이

햇빛 반사하며 빛날 때

내 일 아니라도 안도의 숨 내쉬며

우리는 세상의 약한 것들과 연결된다.

우리를 품어 안는 더 큰 우리는

용서와 화해를 중심에 두고

반짝이는 희망과 연결되고 싶어 한다.

일생

한 평생 내 안의 소리에 귀 기울였다.
겨울 아침
들판에 눈보라 휘몰아치는 소리
바람이 매달려 있는 풍경을 때리고 가는 소리
낙엽이 서로 살 비비는 소리
추락하는 고드름이 쨍그랑거리며
햇살과 부딪히는 소리
누가 혹시 묻는다면 이렇게 답하리라.
아무것도 없으면서 가득한 항아리를
아직 비우지 못했다고.

빛나고 있는 한 돌아올 거야

윤일현 / 시인·칼럼니스트

김재진 형이 톡을 보냈다. "자는가? 시집을 낼 건데, 발문을 윤 시인이 써줄래? 메일로 원고 보낼게." "뭐라고요, 내가 형 시집 발문을?" "그래, 해설 말고 발문으로. 꾸미지 말고 있는 그대로, 내키는 대로 써주면 돼." 말은 부드러웠지만, 선배의 말이니 내겐 청탁도 부탁도 아닌 명령이나 다름없다. 한참 생각 후 톡을 보냈다. "써 볼게요. 글이 안 되면 형 욕이나 하지요, 뭐."

주변에 잘 나가는 사람이 많을 텐데 형은 왜 변방의 후배에게 발문을 부탁할까? 30년 가깝게 지방 신문 몇 군데와

방송사에 칼럼을 쓰고, 원고를 보내다 보니 항상 시간에 쫓기며 산다. 평균 일주일에 두 번 정도 마감 날짜가 돌아오니 늘 정신이 없다. 글을 잠재우며 고칠 겨를이 없다. 초고를 쓰고 나면 종종 형에게 보낸다. 형의 답은 간단하다. '좋다', '잘 읽었어', 좋다는 답이 오면 수정하지 않고 그냥 송고한다. '잘 읽었어'는 별로 맘에 안 든다는 말이다. 그렇게 해서 신문에 나온 글을 다시 형에게 보내면 '정말 잘 썼다'라는 답이 오기도 한다.

시집 발문도 '좋습니다', '잘 읽었습니다'라고만 써 보낼 수 있다면 좋겠다. 농담이 아니라 진심이다. 빈말과 허언이 횡행하는 시대에 "시 좋습니다. 해설은 작품 감상에 방해가 되니 그냥 읽으시면 됩니다."가 가장 명료하고 솔직한 발문일 수 있다.

시골에서 자라던 어린 시절, 가을 추수가 끝나면 뒷산 계단식 천수답에 올라가 마을이 가장 잘 내려다 보이는 자리에 볏 짚단으로 우리만의 아지트를 지었다. 논바닥에는 가마니를 깔아 냉기를 막고 지나가는 사람 눈에 띄지 않게 입구는 짚단으로 가렸다. 엉성한 천장 틈새로 하늘은 더없이 푸르고 눈부셨으며, 산 아래 보이는 마을은 전혀 다른 모습으로 느껴졌다. 비좁은 공간이지만, 그곳엔 부모님의 잔소리도 없고 숙제도 없었다. 거기에 앉아 있으면 온갖 즐겁고 기발한 생각들만 떠올랐다. 배가 고프면 집에서 가져온 찐

쌀이나 생쌀을 씹어 먹었다. 먹을 것이 다 떨어지면 근처 밭에 까치밥으로 남겨놓은 감을 따 먹었다. 친구들은 쉴 새 없이 재잘거렸다. 그러다가 아무 말도 하지 않고 생각에 잠기기도 했다. 해가 서산으로 넘어갈 때쯤 우리는 노을에 빨갛게 물든 얼굴로 하산하곤 했다. 돌이켜보면 그때 그 아지트에서 빈둥거리며 가졌던 그 침묵의 시간에 우리는 강변의 미루나무처럼 몸과 마음이 무럭무럭 자랐던 것 같다.

우리만의 아지트는 일탈이 주는 짜릿한 즐거움과 아웃사이더의 관조적 여유를 동시에 맛볼 수 있는 유토피아였다. 아웃사이더는 내부자를 의미하는 인사이더와 구별되는 인간형으로, 국외자 또는 이단자를 뜻한다. 타의에 의해 어떤 집단에 동화하지 못하거나 배척되는 경우는 소극적, 수동적 아웃사이더이고, 소속 집단의 규칙이나 질서에서 스스로 벗어난 경우는 적극적, 능동적 아웃사이더이다. 어렸지만 우리가 그렇게 비밀스러운 아지트를 만든 것은 적극적 아웃사이더가 되기 위함이었다. 영국의 소설가이자 문학평론가인 콜린 윌슨은 그의 저서 『아웃사이더』에서 앙리 바르뷔스의 『지옥』, 카뮈의 『이방인』, 도스토옙스키의 『카라마조프가의 형제들』 등에 나오는 작중 인물들과 니체, 반 고흐 같은 실제 인물들을 아웃사이더라는 관점에서 분석했다. 이 아웃사이더들은 지루하고 불만족스러운 일상의 세계를 본능적으로 거부했다. 그들은 일상이 따분하게 되풀

이되는 것은 고역이며 노예들에게나 어울리는 일이라고 느꼈다. 모든 위대한 시인이나 사상가들은 이런 아웃사이더들이 가지는 감정을 문학과 철학적 사색의 출발점으로 삼았다. 아웃사이더들은 체제 안의 순응자인 인사이더들이 보지 못하거나 애써 무시하려고 하는 지배 질서의 허구성을 폭로하고 조롱했다. 능동적, 창조적 아웃사이더들은 인간성의 폭과 깊이를 넓혔고, 인간이 지향해야 할 가치와 이상향을 창조했다.

김재진 형(이쯤에서 형자는 떼겠다. 형을 반복하려니 뭔가 자꾸 걸려 글쓰기에 지장을 준다)은 자발적, 적극적 아웃사이더다. 화려한 등단 절차를 거치고 공중파 방송이 전성기를 구가하던 시절 잘 나가는 PD로 활동했다. 신문사 대표도 지냈다. 그러던 그가 비교적 이른 나이에 모든 것을 접었다. 영향력 있는 글쟁이였지만 문단과도 담을 쌓았다. 돌연 혼자서 저 멀리 천수답의 아지트에, 안나푸르나에, 임진강이 바라보이는 파주 패랭이길에, 억새가 한창인 제주 오름에 비밀스러운 아지트를 짓고 칩거한다. 같은 길을 가는 동료나 친구도 없이 그는 혼자 가마니를 깔고 누워 달과 별, 새와 구름, 갈대와 노을, 바람과 파도, 길고양이, 자기 자신과 행인을 물끄러미 바라보며 달멍, 물멍, 숲멍, 노을멍, 사람멍 하며 지낸다.

파주에 있는 그의 작업실에 들른 적이 있다. 면벽 수도하는 달마 같았다. 나는 그의 작업실을 나오며 라이너 마리아 릴케가 쓴 『젊은 시인에게 보내는 편지』의 한 구절을 떠올렸다. "이 세상의 누구도 당신에게 충고하고 당신을 도울 수 없습니다. 그 누구도 할 수 없습니다. 당신에겐 단 한 가지 길밖에는 없습니다. 당신의 마음 깊은 곳으로 들어가십시오. 가서 당신에게 글을 쓰도록 명하는 그 근거를 캐보십시오. 그 근거가 당신 심장의 가장 깊은 곳까지 뿌리를 뻗고 있는지 확인해보십시오. 글을 쓸 수 없게 되면 차라리 죽음을 택하겠는지 자신에게 물어보십시오." 시인을 꿈꾸는 젊은이에게 릴케가 자기 작품을 남에게 평가받기 전에 간절히 쓰고 싶은 그 무엇이 있는지를 먼저 확인해보라며 말하는 대목이다.

릴케는 간절한 소망과 열정, 치열함을 강조하고 있다. 릴케는 진정한 창조자에게는 이 세상 그 어떤 것도 보잘것없다고 느껴지지 않으며, 감흥을 주지 않는 장소란 없다고 말한다. 그는 남에게 보이려는 글을 쓰지 말고 소박한 자연으로 눈을 돌리라고 당부한다. 무엇보다도 자기 내면에 충실하며 깊게 숙고하라고 충고한다. 릴케의 말은 내가 보기에 김재진의 삶과 중첩된다. 김재진은 '마음속 깊은 곳'으로 들어가기 위해 많은 것을 버린다. 그의 시와 소설, 에세이, 그림은 그의 심장 가장 깊은 곳에 뿌리를 둔 채 가지와 잎을 뻗고 있다. 그는 세속적인 명성이나 평가와 담을 쌓고 산다. 목숨을 걸다시피 시를 쓰고 그림을 그린다.

아, 맞다. 김재진의 아지트에는 그와 동고동락하는 친구가 있다. 하모니카다. 그는 길고양이에게 먹이를 주고는 녀석의 느긋한 식사를 지켜보며 하모니카를 분다. 안나푸르나를 트레킹하며, 임진강 강가에서, 서귀포 대평리의 박수기정을 바라보며 그는 구름과 노을과 귀가하는 새들을 대상으로 그림을 그리거나 하모니카를 분다. 삶이 안타깝고 서러워 하모니카를 벗 삼는 그는 병상의 어머니를 휠체어에 태워 거리를 돌아다니다가 귀만 살아 있던 어머니를 위해 '황혼의 블루스'를 연주하곤 했다. 불면의 밤을 호소하거나 삶의 허망함에 몸서리치는 사람에겐 휴대폰으로 '섬집아기'나 '반달' 같은 동요를 녹음해 보내주기도 한다. 그는 섬세하고 여린 감성의 소유자다.

"색채는 빛의 고통이다."라고 한 괴테의 말은 충격을 준다. 색채는 왜 빛의 축제가 아니고, 고통일까. 위대한 시적詩的 경구는 우리의 상상력을 자극하고 고양한다. 백색 광선은 프리즘을 통과할 때 자기 허리를 꺾는 굴절의 고통을 감수해야 영롱한 무지개 색깔을 드러낼 수 있다는 뜻일까? 이런 과학적 상상은 별로 재미가 없다. 나는 3월의 들판으로 나가 괴테의 말을 음미하며 나름대로 근사한 해석을 시도하려고 한 적이 있다. 아직 차가운 대지에 귀를 대보면 언 땅을 뚫고 솟아오르는 생명의 합창 소리가 들린다. 겨울이 시작되기 전, 들꽃들이 모든 잎을 떨쳐버리고 월동 준비를 할 때, 대자연은 그 여리고 가느다란 뿌리 속으로 한 줄기 빛을 들여보낸다. 들꽃의 뿌리와 그 빛은 서로 부둥켜안고 혹한의 겨울을 견디어내야 한다. 드디어 봄이 와 언 땅이 녹을 때, 대자연은 긴긴 겨울을 인내한 그 꽃이 연둣빛 새싹과 찬란한 색깔로 가장 먼저 대지에 얼굴을 내밀게 하여 세상을 아름답게 장식한다. 혹독한 고통을 감내했기 때문에 들꽃은 그토록 눈부시게 아름다운 것이다.

김재진의 시와 그림은 삶의 고통과 고독의 산물이다. 세상 사람들의 절망과 한숨, 실의와 좌절, 슬픔과 비애, 분노와 증오가 김재진이란 프리즘을 통과하면 아름답고 따뜻한 위안의 시가 되거나, 보는 이로 하여금 동화적 몽상에 잠기게 하는 색깔과 형상으로 다시 태어난다. 샤갈처럼 그의 그림은 인간과 동물, 손을 마주 잡은 연인이 훨훨 하늘을 날아다닌다. 그 신선하고 강렬한 색채는 우리를 꿈꾸게 한다. 나는 안다. 그는 고독과 싸우면서도 한쪽 어깨가 유난히 축 처진 사람들과 거리를 애정 어린 시선으로 바라본다. 눈에 띄는 것은 처참한 인생과 패배의 풍경뿐이지만, 그는 절망이나 허무에 빠지지 않고 고독과 싸우면서 새로운 길을 찾아낸다. 그는 인간과 자연, 사람과 사람이 상생할 수 있는 길, 삶과 죽음을 자연스럽게 연결해주는 길을 찾는 구도자 같다. 위대한 창조와 성취는 고독을 즐기면서 일정 기간 오직 한 가지 일에만 몰입할 때 얻을 수 있다. 그의 집중력은 정말 놀랍다.

인터넷을 포함한 대부분의 미디어는 '지금 여기'를 제외한 모든 것을 우리의 관심에서 멀어지게 하고, 사고의 호흡을 가쁘게 하고, 생활 리듬을 일희일비 속에 들뜨게 만든다. 이런 각박한 환경에서 사는 우리를 김재진의 시는 나만의 고요한 다락방이나 아지트로 안내해준다. 그 옛날 우리가 살던 단독 주택에는 대개 다락방이 있었다. 천장은 아이 머리도 닿을 정도로 낮았고, 서까래와 대들보가 그대로 드러나던 그곳. 그래도 거기는 조그마한 창을 통해 골목을 오가는 사람들을 은밀하게 관찰할 수 있었고, 손을 내밀면 파란 하늘을 잡을 수 있었다. 금지된 만화책을 남몰래 읽기도 좋았다. 낮고, 좁고, 어두웠지만, 다락방에 올라가면 그 무엇보다도 세상의 모든 시선으로부터 해방될 수 있었고, 대낮에도 적당한 어둠이 어린 영혼을 감싸주어 아늑하고 편안했다. 그곳에서는 가족이 함께하는 큰 방이나 대청에서는 불가능한, 온갖 발칙하고 발랄한 생각들이 마르지 않는 샘물처럼 용솟음쳤다. 우리에겐 뒷산 천수답 아지트나 좁은 다락방, 둘 다 있어야 한다. 버지니아 울프는 제인 오스틴이 『오만과 편견』을 쓴 곳은 그녀만의 공간에서가 아니었음을 지적한다. 울프는 오스틴이 그 대작을 가족 모두가 함께 기거하는 공동거실에서 집필했다는 사실을 상기시키며 억압받는 여성들에 대해 이야기한다. 버지니아 울프는 소설 『자기만의 방』에서 만약 여성이 자유의 문을 열 수 있는 두 가지 열쇠만 찾을 수 있다면 미래에는 여성 셰익스피어가 나올 수 있다고 주장했다. 그 열쇠란 '고정적인 소득'과 '자기만의 방'이다. 김재진은 시와 그림으로 우리에게 아지트와 다락방을 만들어준다.

그는 철저하게 침묵 속에서 시를 쓰고 그림을 그린다. 알베르 카뮈는 "얕은 것은 소리를 내지만, 깊은 것은 침묵을 지킨다."라고 말했다. 그는 요란하게 이 사람 저 사람을 만나 성과를 과시하고 자기 작품이 좋다고 선전하지 않는다. "사람이 속을 털면 털수록 그 사람과 가까워진다고 믿는 것은 환상입니다. 사람과 사람이 가까워지는 데는 침묵 속의 공감 외에 다른 방법이 없는 것 같습니다. 마음을 다 털어내버리면 우리는 더 가난하고 더 고독해집니다." 루이제 린저의 『생의 한가운데』에 나오는 구절이다. 많은 종교에서 침묵과 명상은 중요하다. 명상의 기술과 내적 침묵의 수련은 이들 종교에서 가장 핵심적인 것이다. 말로 떠드는 것보다는 침묵 속에서 인간의 영혼은 깨어나고 실존이 확인되기 때문이다. 그는 내게 스티브 잡스가 탐독한 『요가 난다, 영혼의 자서전』을 머리맡에 두고 읽기를 권했다.

그는 생명의 시간을 소진하며 시를 쓰고 그림을 그린다.

그런 모습을 보면 걱정도 되고 안쓰럽기도 하고 비장하고 아름답기도 하다. 살아 있는 생명체가 최선을 다하는 모습은 정말 아름답다. 긴 병을 앓던 어머니의 임종 뒤 그 스트레스로 한쪽 귀의 청력을 잃은 그는 죽음을 두려워하지 않고 작업하는 것처럼 보인다. 죽음이 삶의 생명력을 더하게 한다고 믿고 있는 것인가?

어떤 시가 좋은 시인가? 사람마다 다르다. 나는 어느 시인이 말한 '누구나 이해할 수 있으면서도 아무나 쓸 수 없는 시'가 좋은 시라고 생각한다. 내겐 김재진의 시가 그렇게 다가온다. 이해가 잘 안 되는 시는 좋은 시가 아니라고 말할 생각은 없다. 이해하기 힘들지만, 이상의 「오감도」나 「거울」을 읽으면 어떤 신선한 충격을 받게 된다. 오래 되씹고 곱씹으면 '현대 사회를 사는 인간의 불안 심리'를 묘사하고 있다는 느낌을 받게 된다. 참고서를 찾아보면 "다다이즘, 초현실주의, 이성 중심의 합리주의에 대한 회의" 같은 말들이 나오는데, 해설에 맞춰 시를 보면 그럴 것 같기도 하다. 신선한 충격과 끝없는 자극, 기상천외한 상상력을 발동하게 하는 시도 좋고, 가슴 뭉클한 감동과 위안을 주는 시도 좋다. 어느 것이 더 우월하다고 말해서는 안 된다. 어느 한쪽은 시가 아니라고 해서도 안 된다. 작금의 한국 시단에는 많은 시인이 자신도 자기 시를 제대로 설명하지 못하는 암

호 같은 시를 쓰며 독자의 이해를 요구한다.

　김재진의 시는 감동과 공감을 중시한다. 그의 시 또한 쉽지만은 않다. 그러나 찬찬히 몇 번 읽으면 이해가 된다. 시가 함축하고 있는 메시지를 해석하는 그 고통의 과정을 통해 정신세계가 확장된다는 말도 맞다. 그러나 이상의 시를 읽으며 가슴 뭉클한 감동을 하기는 어렵다. 여기서 우리는 질문을 하게 된다. '지적 돌기를 자극하며 충격을 주는 시'와 '감성 돌기를 자극해 가슴을 적셔주는 시' 중 어느 것이 좋은 시인가? 결론부터 말하면 둘 다 좋은 시일 수 있다. 어느 쪽이나 우리에게 다 필요하다. 다만 편식이 문제가 되듯이 어느 한쪽을 지나치게 강조하거나 중시할 때 우리는 시로 인해 정신이 분열되고 황폐해질 수도 있다는 게 내 생각이다.

　예술은 현실을 반영한다. 진정한 예술가는 현실을 있는 그대로 그리지 않고, 자기의 상상력과 창의력을 가미하여 보다 나은, 또는 다른 현실을 제시해야 한다. 시가 날카로운 창과 칼이 되기도 하는 시대다. 감성 돌기를 자극하는 창과 칼이 아니고, 몸과 마음을 찌르고 할퀴어 사람을 아프게 하는 시가 있다. 지금은 간접 수사학의 시대다. 날카로운 발톱을 부드러운 양털로 감싸고 살살 쓰다듬어주다가 결정적인 순간에 급소를 쳐야 사람이 죽든지 살든지, 신선한 충격을 받는다. 그러나 많은 글과 시가 아예 시퍼런 칼

날과 예리한 창끝을 적나라하게 드러낸 채 사람을 찌른다. 수많은 문예지가 쏟아내는 시라는 것들을 보라. 평생 책을 읽고 글을 쓰는 나도 수록된 작품 절반 이상이 무슨 말인지 알기 어렵다. 추상회화를 감상하듯 언어가 만들어내는 느낌과 이미지를 따라가며 무엇을 느끼려 해도 도무지 와닿지 않는다. 이것 역시 받아들여야 한다고 생각한다. 다만 악화가 양화를 구축할까 두렵다. 아사 직전에 있는 아프리카 난민의 모습을 처음 볼 때는 엄청난 충격을 받는다. 그러나 비슷한 장면을 계속 보게 되면 감각이 둔해지고 무덤덤해진다. 폭력과 살인을 다룬 영화를 계속 보게 되면 실제로 일어난 폭력과 살인 사건마저 별 충격 없이 받아들이게 된다. 비슷한 장면을 계속 봄으로써 신선함과 충격이 사라지게 되는 현상을 '이미지 중독'이라 부른다. 전혀 감을 잡을 수 없는 세계를 거듭해서 이야기하는 시들을 접하다 보면 이런 게 시인가 하는 생각을 하게 된다. 그래서 독자가 떠나가는 것이다.

절대다수의 독자는 다만 떠날 뿐 시가 어렵고 이해가 안 된다고 말하지도 않는다. 안 읽으면 될 뿐 구태여 이해할 필요성을 느끼지도 않는 것이다. 문단이라는 곳은 어떤가. 소위 문단 주류들이 부추기는 시를 써야 발표 지면을 얻고 이름을 날릴 수가 있다. 시가 그 자체의 아름다움과 소중함으로 평가받는 것이 아니라 문학 권력과 그 인맥들에 의해 평가되는 것이다. 잘못된 사회구조 속에서 문학 권력들은 스스로 심사도 하고 수상 대상자도 된다. 내가 어느 특정인을 밀어주면 그 사람은 다른 문학상의 심사위원이 되어 자기에게 상을 받게 해준 시인이 상을 받도록 영향력을 행사하고 편의를 제공한다. 이는 부정행위다. 세속에서는 제삼자 뇌물죄나 김영란법 위반 등으로 문제가 되는 행위가 문학판에서만 예외가 되고 있다. 이런 것들에 대한 혐오 때문인지 김재진은 일찌감치 타락한 주류들과 거리를 두고 산다. 김재진의 삶의 방식과 시가 무조건 옳다는 것이 아니다. 시와 삶에서 그가 추구하는 구도의 길이 예사롭지 않기에 소중하다는 것이다.

그는 타인의 시에 대해서는 견해를 표현하지 않는다. 다만 그는 지치고 아프고 슬프고 절망하는 사람들의 가슴에 가닿는 시를 쓴다. 그의 시를 읽으면 가슴이 먹먹해지고 벅차오를 때가 많다. 그는 혼자 찬란하게 빛나지 않고 동시대를 살아가는 평범한 사람들의 고통과 어둡고 암울한 절망을 자신의 프리즘에 통과시켜 무지개를 만든다. 오만한 권력 애호가들은 그의 다정다감과 친절을 힐책한다. 독자에게 던져놓고 혼자 고민하게 놔둬야지. '삶이 아프다'고 말하면 '혼자' 치유하도록 내버려두지 뭘 어루만져 주며 애써 살라고 말하느냐며 빈정거린다. 그러나 그는 길고양이조차 사랑하며 스쳐 지나가는 바람에도 고맙다고 말하는 사람이다. 누가 진정한 시인인가. 자기도 모르는 말을 던져 놓고는, 깊고 오묘한 뜻을 헤아리라고 하는 그들이 과연 정상인가?

찰리 채플린은 "나는 세상이 슬프기 때문에 남을 웃긴다"라고 했다. 그래서 우리는 채플린의 영화를 보며 웃으면서도 눈물을 흘리게 된다. 나는 김재진의 시를 몇 편 읽다가 덮고 울었다. 그러다가 또다시 읽었다. 마음이 편안해지고 위로받았다. 조금씩, 하루 몇 편씩 아껴 읽고 싶었다. 울다가 웃다가를 반복했다. 문득 어린 시절 아지트에 모이던 친구들끼리 했던 말이 생각났다. "울다가 웃으면 똥구멍에 솔 난다. 털 난다." 솔이 나든 털이 나든 상관없다. 어린 시절 영양실조로 입이 헐고 똥구멍이 헐면 어른들은 크느라 그런 것이라고 했다. 김재진의 시를 읽으며 그의 절망과 내 절망, 그의 비애와 내 비애, 그의 별과 내 별을 대조하며 위안을 얻고 살아야겠다는 힘을 얻는다. 성장하는 느낌을 받는다. 그의 시는 내게 위안과 치유, 생명의 힘을 준다.

세상을 살아보면 안다. 칠흑 같은 어둠 속을 걸어가고 있을 때 가장 먼저 초롱불을 들고 마중 나와주고, 두렵고 먼 미지의 곳으로 떠날 때, 괜찮다고, 잘될 것이라고 말해주며 가장 멀리까지 배웅해주는 사람이 소중한 사람이다. 발문을 쓰느라 한 달 동안 김재진의 시와 함께했다. 그의 시는 내게 초롱불이고 샛별이고 달이었다. 그의 시는 내가 됐다고 소리쳐도 보이지 않을 때까지 손을 흔들어주는 벗이었다.

밤 깊어 뜰에 서면 섬돌 위엔 이슬이 내리고, 귀뚜라미가 슬피 울고 있다. 서늘한 바람에 먼 길 떠날 채비를 하며 서걱이는 나뭇잎들, 그 사이로 비단 실타래가 풀리듯 부드럽게 스며드는 달빛. 아무리 둔한 감각의 사람이라도 사색에 잠기지 않을 수 없는 조락凋落의 가을이다. 김재진의 시는 나를 위로하며 각박한 세상을 살아갈 힘을 주었다. 해설 같은 발문을 쓰지 않으려고 노력했다. 본문의 시는 독자가 읽고 판단하도록 하기 위해서다. 그래도 마지막에 한편은 옮겨봐야겠다. 어느 시를 인용해도 좋지만, 지금, 이 순간 나를 끌어당기는 구절이 있다.

나는 다시 돌아올 거야./뭔가를 그린다는 것은 어딘가로 돌아간다는 말이지./별이 어디에서 빛나건/그것이 카페 테라스에서 빛나건/고갱의 머리 꼭대기에서 빛나건/빛나고 있는 한 돌아올 거야.
_「고흐의 별」 중에서

어디에서 무엇을 하든 '빛나고 있는 한 돌아올 거야'를 되새기며 이 글을 마쳐야겠다. 형과 같이 안나푸르나 트레

킹할 날을 기다린다. 별이 쏟아지는 고원에 앉아 고흐와 피사로, 샤갈을 이야기하며 어린 왕자를 만나고 싶다. 형의 시집 발간을 기뻐하며 거듭 축하드린다.

헤어지기 좋은 시간

1판 1쇄 인쇄 2023년 10월 4일
1판 1쇄 발행 2023년 10월 14일

지은이　　　김재진
발행처　　　고흐의별
발행인　　　황은희, 장건태
디자인　　　즐거운생활
제작　　　　제이오
주소　　　　경기도 파주시 돌곶이길 170-2 (10883)
등록　　　　2018년 10월 4일 (제406-2018-000114호)
전화　　　　031) 955-9790
팩스　　　　031) 946-9796
전자우편　　info@suobooks.com
홈페이지　　www.suobooks.com
ISBN　　　　979-11-93238-12-7 03810 책값은 뒤표지에 있습니다.